科幻文学的科技伦理审视

潘 澍 著

东北大学出版社
·沈 阳·

ⓒ 潘 澍 2023

图书在版编目（CIP）数据

科幻文学的科技伦理审视 / 潘澍著. —— 沈阳：东北大学出版社，2023.8
　ISBN 978-7-5517-3350-2

　Ⅰ. ①科… Ⅱ. ①潘… Ⅲ. ①幻想小说－技术伦理学 Ⅳ. ①I054②B82-057

　中国国家版本馆 CIP 数据核字（2023）第 152016 号

出 版 者：	东北大学出版社
地　　址：	沈阳市和平区文化路三号巷 11 号
邮　　编：	110819
电　　话：	024-83683655（总编室）　83687331（营销部）
传　　真：	024-83687332（总编室）　83680180（营销部）
网　　址：	http://www.neupress.com
E-mail：	neuph@neupress.com
印 刷 者：	辽宁一诺广告印务有限公司
发 行 者：	东北大学出版社
幅面尺寸：	170 mm×240 mm
印　　张：	9.75
字　　数：	149 千字
出版时间：	2023 年 8 月第 1 版
印刷时间：	2023 年 8 月第 1 次印刷
责任编辑：	王　芳　刘振军
责任校对：	刘新宇
封面设计：	潘正一
责任出版：	唐敏志

ISBN 978-7-5517-3350-2　　　　　　　　　　　定　价：50.00 元

前　言

当今时代，科技发展迅猛，对人所知、所在、所往形成强烈的影响。科学技术哲学与人的日常生活联系越来越紧密。科学技术哲学从学科发展脉络到实际研究领域，都含有丰富的内容和表达。科技与人文的融合是近年来的热点问题之一。科幻文学的伦理反思与建构研究属于科技与社会的研究范围。现代社会对科技风险的担忧尤其催发了科技伦理的理论研究和实践进步。身处科技发达的现代社会，面临着生命命题、生态危机、未来生存、责任伦理，学者和大众都对科技伦理建构充满期待。除了专业学者进行研究、著述，推进科技伦理的理论和实践进步，科幻文学也对科技伦理的建构产生了重要作用。科幻文学的科技伦理建构不仅停留在文本期待里，也走到社会现实中，引起了科技伦理的理论和实践改变。探究科技伦理构建的途径，是科幻文学的哲学研究中比较新颖的角度。科幻文学的伦理反思与建构，是科技哲学研究中一个创新的视角。

本书遵循从现象到本质，从事实到价值，从归纳法到演绎法，实践—认识—实践的逻辑规律，从科学与文学、科技哲学与文学融合的典型样态——科幻文学，研究科幻文学的伦理反思与对科技伦理的建构方式和途径。本书紧密围绕四个关键词"科幻""伦理""反思""建构"进行研究。科幻文学的伦理反思与建构，以蕴含科技因素的文学作品、文学现象，集中反映了科技哲学的科技价值反思性质。科幻文学的这种伦理反思与建构，因其科技的"奇幻"描写与文学的引人入胜，在很大程度上减少了普通大众对科技特别是科技机理的陌生感。普通大众通过科幻文学的阅读接受，进而引发其对科技伦理的关注和思考。研究科幻文学的伦理反思，思考科幻文学的伦理建构，透视科幻文学的科技哲学要素，认知科技哲学的多种表达载体，努力探索在大文科背景下哲学与其他文科的紧密联系和深刻关系。

科幻文学是科技哲学的一种文学表达载体，是大文科背景下科技哲学的典型表达载体。对科幻文学的科技哲学要素进行挖掘，进行科幻文学的伦理反思与建构是科幻文学的重要内容和意义。科幻文学的科技哲学要素，演绎了文学的内涵性，深化了文学的反思性，厚重了文学的人文性。哲学让读者透过文学的多彩幔帐，看到更远的风景。科幻文学中的科技因素满足了人类的好奇心，及对新鲜感、惊异感的心理体验，而其中透射出的伦理反思，使得一部分读者超越了简单的感官满足，而思考如何自处、往哪里去等哲学问题。科幻文学蕴含着可言说或不可言说的哲学意味。其中的人物命运、故事走向、意象设定都蕴含着深邃的哲理学思。

在科幻文学的哲学研究中，抓住科幻文学的伦理反思与建构视角，是切入科学与文学、哲学与文学的一个学科交叉的角度。通过科幻文学的传播，有助于科技伦理引起社会关注、形成社会议题，进而建构更加合理的科技伦理理论和实践。科幻文学对科技伦理的反思集中在哪些领域，哪些反思引起社会普遍关注？科幻文学对科技伦理的建构以哪些途径和方式实现？科幻文学对科技伦理的反思和建构面临哪些困境，未来有什么发展可能性？这些问题不仅科技哲学学者关注，社会大众也普遍关注。对科幻文学的科技哲学研究，探究科技在人类命运何所在、何所去问题中发挥什么样的作用，是学者关心的学术问题，也是社会大众关注的社会问题。

本书在创作过程中查阅并借鉴了大量相关资料，得到多位专家老师的指导，在此表示衷心感谢！由于作者能力有限，书中难免有所疏漏，恳请读者批评指正。

潘 澍

2023 年 2 月

目 录

第一章 绪 论 ... 1

第一节 问题的提出 ... 1
一、研究背景 ... 1
二、研究意义 ... 2

第二节 已有文献研究述评 ... 3
一、关于科学与文学的研究 ... 3
二、关于科幻文学的研究 ... 6
三、关于科技伦理与科幻文学研究 ... 14
四、相关研究简要评析 ... 18

第三节 研究思路与框架 ... 19
一、研究思路 ... 19
二、研究方法 ... 21
三、研究框架 ... 22

第四节 可能的创新 ... 23
一、选题的创新 ... 23
二、观点的创新 ... 24
三、思路的创新 ... 24

第二章 科技伦理与科幻文学溯源 ... 26

第一节 科技伦理、科幻文学的概念解读 ... 26
一、伦理与科技伦理定义 ... 26
二、科学与文学概念界说 ... 26

三、科幻文学的内涵解读 ………………………………… 28
　第二节　科技伦理与科幻文学的关系表达 ……………………… 30
　　　一、科技伦理的科幻文学呈现 …………………………… 30
　　　二、科幻文学的科技伦理建构 …………………………… 31
　第三节　科技伦理在中外科幻文学的出场 ……………………… 32
　　　一、科技伦理于国外科幻文学的源流 …………………… 32
　　　二、科技伦理在中国科幻文学的追溯 …………………… 41

第三章　科幻文学的科技伦理主题 …………………………… 46

　第一节　生命底色：科技造物与生命伦理追问 ………………… 46
　　　一、科技造物的漫溢 ……………………………………… 46
　　　二、科技驯化生命 ………………………………………… 59
　　　三、生命伦理的追问 ……………………………………… 60
　第二节　生态图景：科技景观与生态伦理觅寻 ………………… 63
　　　一、科技景观的图景 ……………………………………… 63
　　　二、科技殖民生态 ………………………………………… 68
　　　三、生态伦理的觅寻 ……………………………………… 69
　第三节　生存情境：科技配置与生存伦理思考 ………………… 70
　　　一、科技配置的机制 ……………………………………… 70
　　　二、科技结构生存 ………………………………………… 74
　　　三、生存伦理的思考 ……………………………………… 75
　第四节　价值理性：科技规制与责任伦理探究 ………………… 76
　　　一、科技规制的主体 ……………………………………… 76
　　　二、科技踏涉意识 ………………………………………… 80
　　　三、责任伦理的探究 ……………………………………… 81

第四章　科幻文学的科技伦理建构 …………………………… 83

　第一节　科幻文学想象预判科技伦理前景 ……………………… 84
　　　一、对科技图景的超前预言 ……………………………… 84
　　　二、对科技伦理的预设认知 ……………………………… 87
　　　三、科幻的"正确"与"不正确" ……………………… 88

第二节　科幻文学表达构建科技伦理议题 ·················· 90
　　　　一、人物命运引起科技伦理热议 ·················· 90
　　　　二、故事走向引起科技伦理论争 ·················· 92
　　　　三、意象设定引起科技伦理话题 ·················· 94
　　第三节　科幻文学传播调节科技伦理方向 ·················· 96
　　　　一、科技存在激发伦理探讨与调节 ·················· 96
　　　　二、"反科学"引起伦理自净与纠偏 ·················· 98
　　第四节　科幻文学现象映射科技伦理发展 ·················· 99
　　　　一、科幻文学热点反射科技伦理议题 ·················· 99
　　　　二、科幻文学史映射科技伦理发展史 ·················· 101

第五章　科技伦理与科幻文学的互动价值 ·················· 107

　　第一节　危机与新机 ·················· 107
　　　　一、科技伦理危机与新机的张力 ·················· 107
　　　　二、实现了科技社会的要素分析 ·················· 108
　　第二节　解构与建构 ·················· 109
　　　　一、解构迷雾与建构森林的账簿 ·················· 109
　　　　二、构建了理论研究的重要场域 ·················· 109
　　第三节　对立与融合 ·················· 110
　　　　一、科技与伦理对立融合的拟仿 ·················· 110
　　　　二、形成了科技形态的价值共识 ·················· 110
　　第四节　崇拜与突破 ·················· 111
　　　　一、科技崇拜与伦理崇拜的角逐 ·················· 111
　　　　二、摆脱了盲目崇拜的欲望枷锁 ·················· 111
　　第五节　控制与穿越 ·················· 112
　　　　一、社会效用与精神追求的较量 ·················· 112
　　　　二、穿越了隐秘权力的科技影响 ·················· 113

第六章　科技伦理与科幻文学的演进展望 ·················· 114

　　第一节　科技伦理与科幻文学面临的挑战 ·················· 114
　　　　一、科技伦理术有难为 ·················· 114

二、科幻文学新益求新 …………………………………… 116
　第二节　科技伦理与科幻文学未来的发展 ………………… 117
　　一、科幻文学对科技伦理凝思表达的新可能 …………… 117
　　二、科幻文学对科技伦理体系建构的新拓展 …………… 118

第七章　总结与展望 ……………………………………… 120
　第一节　总结 ………………………………………………… 120
　第二节　进一步的研究设想 ………………………………… 121
　　一、科技伦理的反思实践 ………………………………… 121
　　二、科技伦理的建构问题 ………………………………… 121
　　三、科技伦理与科幻文学的关系 ………………………… 121

参考文献 …………………………………………………… 122

后　记 ……………………………………………………… 146

第一章

绪 论

第一节 问题的提出

一、研究背景

（一）研究背景

人有多种方式和途径感知所在，想象所往。当今时代，科技发展迅猛，对人所知、所在、所往形成强烈的影响。人之为人在于创造和反思，对于科技社会的反思仿佛倦鸟知还自然而然，科学技术哲学与人的日常生活联系越来越紧密。科学技术哲学从学科发展脉络、实际研究领域，含有丰富的内容和表达。科技与人文的融合是近年来的热点问题之一。学术界和社会更多关注的是科技为手段，人文为目的的融合。比如通过科技手段实现人文内容数据化，存储、传播、分析。科幻文学的伦理反思与建构研究属于科技与社会的研究范围。社会大众对于科技既喜又忧，喜的是科技有益于人类社会的一面，忧的是不知科技风险能否可控。现代社会对科技风险的担忧尤其催发科技伦理的理论研究和实践进步。根据学科背景和社会现实需要，本书选择科幻文学的伦理反思与建构作为研究课题。

（二）问题提出

身处科技发达的现代社会，面临着生命命题、生态危机、未来生存、责任伦理，学者和大众都对科技伦理建构充满期待。除了专业学者进行研究、著述，推进科技伦理的理论和实践进步，科幻文学对科技伦理的建构也产生了作用。科幻文学是科学与文学、科技哲学与文学融合的典型样态。科学与文学、科幻文学与科技哲学,研究的切入点在于科技与人类社会的关系到底如何、有何可能、将会怎样。科幻文学是描摹科技影响、科技可能性与人类所在、人类何往的典型文本。科幻文学是科技与人文的另一种类型融合,这种融合不是"科技介质+文学主体"的融合,而是"文学介质+科技主体"的融合。科幻文学的科技伦理建构不仅停留在文本期待里,也走到社会现实中,引起了科技伦理的理论和实践改变。探究科技伦理构建的途径,是科幻文学的哲学研究中一个创新的角度。

二、研究意义

(一)理论价值

关于科幻文学的科技哲学研究,对科幻文学与科技伦理的关系从科技哲学、伦理学、价值论等哲学层面进行研究,为科幻文学、科技伦理的研究提供思路、观点、材料方面的参考。对科幻文学的科技伦理反思与建构进行较深入、较全面的研究,为科技与人文融合的研究也提供一种角度。科幻文学是科技与人文另一种类型的融合,这种融合不是"科技介质+文学主体"的融合,而是关于科幻的文学,文学里的科幻,科幻在文学中。科技在这种科技与人文的融合里,不再是介质,不再是手段,而成为主题、内容、题材、对象。在很大程度上,这种融合可以称为"文学介质+科技主体"的融合。通过对科幻文学实践的分析,认知科技伦理的反思,推进科技伦理建构研究,体现了科技与人文、科技与社会融合的一种逻辑。

(二)实践价值

科技使得人类"战胜"了自然界,"战胜"了动物,创造了现代科技社会。一方面,凭借科技的力量,人类体会到了生物圈胜者为王的感受。科技便捷了生活,延长了寿命,复杂地改变了并继续改变着人类认知、实践的方式和效果。另一方面,科技的力量与后果,又使人类害怕和忧虑。核污染,核威慑,生态危机,过度技术,无隐私,从享受科技到被科技裹挟,等等。面对现代科技社会这个庞然大物,科技力量无孔不入,科技风险未必可知可控,人们寻找解决的办法。通过科幻文学表达人类集体的科技伦理期待,通过对科幻文学的哲学反思与建构研究，为人们的忧思提供哲学的解释，为人们的困扰提供方法论的参考。科幻文学的科技伦理反思与建构，也可以为社会学研究、文学研究提供一个参考角度。

第二节 已有文献研究述评

关于科幻文学的研究或许称不上热门。在很长一段时间里，科学界和文学界都不太"待见"科幻文学。科学界认为它不"科学"，文学界认为它不"文学"。有的科幻文学作家自己也轻视科幻文学。玛格丽特·阿特伍德曾说：科幻小说"净说些不着边际的事"①。吴岩在《科幻文学论纲》（2021）一书中戏谑而无奈地把第一章题为"作为下等文学的科幻小说"②。一些惯性认知里科幻文学被当作"幼稚文学""通俗文学""类型文学""消遣文学"，这些看法是很偏颇的。其实科幻文学里很多优秀作品含有先见之明和深刻反思，关于科技的反思，关于人类的反思。布罗姆坎普曾说："我看到的世界已经是科幻风格的了。你生活在富裕的第一世界，与此同时，赤贫的印度孩子躺在下水道旁的水泥地上。"③ 相当多的科幻文学作家秉持严肃的态度进行创作。国内外学者对科幻文学的研究取得多项代表性成果。

一、关于科学与文学的研究

不少研究是以科学与文学、人文的关系角度涉及科幻文学的（本书中出现的科学，指理论科学、技术科学、应用科学等，包括科学与技术）。杰拉尔德·阿尔瓦·米勒·Jr的《通过科幻小说探索人类的极限》（2012）研究了以科幻小说来质疑数字时代的人类到底意味着什么。巴里·B·洛卡拉的《通过科幻小说探索科学》（2014，2019）把科幻小说作为讨论基础科学概念和前沿科学研究的

---

① 盖伊·哈雷. 科幻编年史：银河系伟大科幻作品视觉宝典 [M]. 王佳音，译. 北京：中国画报出版社，2019：397.
② 吴岩. 科幻文学论纲 [M]. 重庆：重庆大学出版社，2021：47.
③ 盖伊·哈雷. 科幻编年史：银河系伟大科幻作品视觉宝典 [M]. 王佳音，译. 北京：中国画报出版社，2019：523.

桥梁，实现了从科幻小说到科学事实的旅程。斯蒂芬·韦伯的《旧窗新光：通过12个经典科幻故事探索当代科学》（2019）向读者呈现了最早的一些经典科幻短篇小说（在1858年至1934年出版的），第一次涉及一些只有在很晚的阶段才有科学答案的话题。尼娜·恩格尔哈特，茱莉亚·霍迪斯的《科学在21世纪小说中的表现》（2019）探讨了不同体裁的科幻叙述，主要是小说，也有诗歌、电影和戏剧。这本论文集考虑了文本如何与科学和技术结合来探索身体和心灵之间的关系，这种联系如何塑造人。约翰·查普尔的《19世纪的科学与文学》（1986）以通识观念介绍了19世纪的科学和文学以及其他学科。J·戈特夏尔的《文学，科学和新的人文学科》（2008）认为文学、科学和新人文学科代表了对学术研究危机的大胆新回应。这本书对文学分析的主导范式提出了全面挑战，并对这些范式提出了全面批评。帕特里克·帕林德的《乌托邦文学与科学》（2015）提及科学进步通常被视为现代乌托邦的先决条件，但科学和乌托邦常常是对立的。从伽利略用望远镜观察星空到现在关于后人类和人与动物边界的观点，这项研究为柏拉图以来的乌托邦思想带来了新的视角。F·R·阿姆林的《作为表达方式的文学与科学》（1989）对隔绝、孤立的学术观念提出批评。近年来，除了对科学史、科学哲学和科学社会学等具体学科进行严肃而有深度的研究外，现在越来越需要发展一种以问题为导向的方法，不再以一成不变的方式区分这三个专业。霍华德·马希泰洛，伊芙琳·特里布尔的《早期现代文学和科学的帕尔格雷夫手册》（2017）认为科学和文学是相通和相互支撑的。它没有把文学和科学分为截然不同的两方面，而是有成效地在不同的文化习俗中探讨文学和科学实践。尼尔·阿胡贾，莫妮克·阿勒瓦特，林赛·安德鲁等的《20世纪和21世纪文学与科学的帕尔格雷夫手册》（2020）说明了文学与科学的演变、协作和论争，横跨20世纪和21世纪。它对科学与人文之间激烈的分隔提出了质疑，同时也展示了文学和科学方法的融合。安·索菲·巴维奇的《科学与小说：浅析科学小说的概念及其局限性》[①] 通过

---

① BARWICH A S. Science and fiction: analysing the concept of fiction in science and its limits [J]. Journal for General Philosophy of Science, 2013, 44: 357-373.

科学与小说的比较，为区分这两种表现形式提供了合理的依据，讨论了模型的构建及其在科学推理中的应用。克拉丽莎·李爱玲的《在发现和科学创造的背景下，科幻小说可以展示什么是新奇》① 考虑了科幻小说如何有助于在发现的背景下阐明新颖性的例子，提出了科幻小说如何有助于以新的方式体验、辨别和使用科学知识。

李公明的《奴役与抗争——科学与艺术的对话》（2001）认为科学与艺术的分离造成了理性与价值的背离，在技术时代的分裂中要努力追求新设计文化与新文化设计。高亮华的《人文主义视野中的技术》（1997）探讨了人文主义与技术的冲突。张之路的《文学对话科学》（2016）认为繁荣科普创作和科学文艺可以为守望儿童文学插上翅膀。于启宏在《中国现当代文学中的科学"基因"》②中谈到科学元素对中国20世纪文学产生了深远影响，这种影响包括从观念论、方法论到文学题材、文学流派等方方面面。庄天山的《中国古代文学中的科学信息》③ 梳理了中国古代文学中记载传承下来的科学信息、科学记录、科学方法，体现出文学与科学的紧密联系。毕文波的《文学与科学相互关系的认识论分析》④ 从认识论角度分析文学与科学的相互关系，并探讨了兼有二者元素的文学体裁。王乾坤的《文学与科学理性》⑤、周晓明的《现代科学技术实践与现代中国文化生态》⑥ 探讨了科学观念、科技元素与中国文化、中国文学的深刻关系。吴小美、董华峰、丁可的《文学艺术与科学同一性的探讨》⑦ 论证了艺术思维与科学思维、文学艺术与科学的紧密联系，认为文学艺术与科学具有同一性。姚文放的《文学传统与科学传统》⑧ 认为虽然科学传统与文学传统在文本形式、阐释方法上

---

① CLARISSA LEE A L. What science fiction can demonstrate about novelty in the context of discovery and scientific creativity [J]. Foundations of Science, 2019, 24: 705-725.
② 于启宏. 中国现当代文学中的科学"基因" [J]. 华侨大学学报（哲学社会科学版），1987（2）：94-105.
③ 庄天山. 中国古代文学中的科学信息 [J]. 南京政治学院学报，1987（4）：26-29.
④ 毕文波. 文学与科学相互关系的认识论分析 [J]. 南都学坛，2004（4）：58-60.
⑤ 王乾坤. 文学与科学理性 [J]. 江汉论坛，2007（10）：103-107.
⑥ 周晓明. 现代科学技术实践与现代中国文化生态 [J]. 江汉论坛，2007（10）：107-110.
⑦ 吴小美，董华峰，丁可. 文学艺术与科学同一性的探讨 [J]. 文学评论，2003（2）：81-87.
⑧ 姚文放. 文学传统与科学传统 [J]. 文学评论，2000（3）：26-34.

性质殊异，但是二者总体上是相融并进的。黄悦的《试论科幻文学中科学与神话的共生关系》① 分析了科学与神话共生现象在科幻文学中的表现。王东昌的《马克思艺术生产论视野中的科学技术与文学艺术》② 梳理了马克思对科技和文艺关系的辩证看法，认为科技和文艺能够和谐共生、互相促进。杨传鑫的《二十世纪文学与现代科学》③ 认为，20 世纪是科技时代，20 世纪文学突出的特点就是科学对文学的深刻影响。张国的《从多视角审视科学与人文学的异同与相关性》④ 阐释了科学精神与人文精神的关系，认为二者互相促进发展是人类社会的必然要求。余秉颐、郭海文的《科学与文学的困境——论人类精神家园的丧失及重建》⑤ 探讨了科学与文学的共性：追求真理、找寻自由，共举二者之力营塑了人类精神家园。陈若谷的《半张脸的神话——科学与文学关系之迷思》⑥ 梳理了科学与文学关系，认为科学改变了文学的审美意象。

二、关于科幻文学的研究

（一）科幻文学史研究

关于科幻文学的发展历程、重要信息、代表作品等的梳理是重要的，科幻文学史在科幻文学研究当中是比较常见的视角。亚当·罗伯特的《科幻小说的历史》（2006，2016）追溯了从古希腊到今天科幻小说的起源和发展。该书还谈到了一般读者不太熟悉的科幻散文：20 世纪 70—90 年代科幻散文。第二版经过修订和扩展，丰富了第一版关于 21 世纪科幻小说的研究。爱德华·詹姆斯，法拉·门德尔松编著的《剑桥科幻文学史》（2018），则是一部涵盖了科幻

---

① 黄悦. 试论科幻文学中科学与神话的共生关系 [J]. 贵州社会科学, 2020 (4): 39-44.
② 王东昌. 马克思艺术生产论视野中的科学技术与文学艺术 [J]. 内蒙古社会科学（汉文版），2016, 37 (4): 117-123.
③ 杨传鑫. 二十世纪文学与现代科学 [J]. 理论月刊, 1991 (3): 26-29.
④ 张国. 从多视角审视科学与人文学的异同与相关性 [J]. 科学技术与辩证法, 1998 (6): 5-10.
⑤ 余秉颐, 郭海文. 科学与文学的困境：论人类精神家园的丧失及重建 [J]. 理论导刊, 2003 (3): 42-44.
⑥ 陈若谷. 半张脸的神话：科学与文学关系之迷思 [J]. 粤港澳大湾区文学评论, 2020 (5): 38-43.

史、评论方法、流派分支、内容主题的学术著作。盖伊·哈雷的《科幻编年史——银河系伟大科幻作品视觉宝典》（2019）全面系统、图文并茂地收录了科幻文学发展的基本线索和重要信息，是一部科幻文学发展的资源数据库。

董仁威的《中国百年科幻史话》（2017）记录了中国百年科幻文学发展历程，并呈现了著名科幻作家人物长廊、名家评传等内容。吴岩的《科学与文学结缘的奇葩——百年西方科幻》① 介绍了西方科幻文学发展的主要线索。徐兆寿、张哲玮的《国家理想 科学启蒙 现实回归——百年中国科幻文学创作动机的数次转向》② 讨论了中国百年科幻文学发展与时代家国的深刻关系，认为科幻文学复杂地反映了社会价值。孔庆东的《中国科幻小说概说》③ 梳理了中国科幻小说的发展阶段和特点。陈许的《试论美国科幻小说的产生和发展》④ 介绍了美国科幻小说的发展简史、重要作家和写作特点。王洁的《中国科幻文学的发展历程及三大走向》⑤ 讨论了中国科幻文学突破理论束缚，逐渐向三个方向发展的历程。任冬梅的《新世纪以来中国科幻小说的现状及前景》⑥ 分析了新世纪以来中国科幻小说的发展成就，也探讨了对其发展前景的担忧。汪晓慧的《论中国当代科幻小说的"新历史书写"——以新世纪前后中国历史科幻创作为例》⑦ 梳理了世纪之交中国历史科幻小说的发展。

（二）国别地区研究

国别地区科幻文学研究，既能体现科幻文学的共性，也能体现出各个不同文化地区的个性。爱德华·金的《阿根廷和巴西文化中的科幻小说和数字技术》（2013）研究了拉丁美洲的科幻小说，来审视新自由主义社会中权力本质的变化。田中元子的《当代日本科

---

① 吴岩. 科学与文学结缘的奇葩：百年西方科幻 [J]. 世界文化, 2015 (2): 4-10.

② 徐兆寿, 张哲玮. 国家理想 科学启蒙 现实回归: 百年中国科幻文学创作动机的数次转向 [J]. 当代作家评论, 2020 (1): 4-14.

③ 孔庆东. 中国科幻小说概说 [J]. 涪陵师范学院学报, 2003 (3): 37-45.

④ 陈许. 试论美国科幻小说的产生和发展 [J]. 国外文学, 2002 (2): 35-42.

⑤ 王洁. 中国科幻文学的发展历程及三大走向 [J]. 江西社会科学, 2018, 38 (7): 99-105.

⑥ 任冬梅. 新世纪以来中国科幻小说的现状及前景 [J]. 当代文坛, 2018 (3): 140-145.

⑦ 汪晓慧. 论中国当代科幻小说的"新历史书写": 以新世纪前后中国历史科幻创作为例 [J]. 当代作家评论, 2019 (5): 25-31.

幻小说中的启示》（2014）研究了世界末日题材科幻文学。从西方世界末日传统的历史开始，以漫画、动画和小说中的现代日本末日科幻文学为重点，田中元子展示了科幻文学如何反映和应对1945年后的日本国家与社会。努尔·穆尼拉·伊萨，穆罕默德·法赫鲁丁·希·萨菲安·舒里的《马来科幻小说中关于人类基因增强的伦理关注》①谈到，科学技术的进步不仅给人类带来产生无病后代的希望，而且也提供了从基因上增强下一代特征和能力的可能性。然而，人类基因增强引发了复杂的伦理问题。M·伊丽莎白·金威，J·安德鲁·布朗的《拉丁美洲科幻小说：理论与实践》（2012）是第一本考察整个拉丁美洲科幻文学的英文文章选集。这部书集合了拉丁美洲、美国和欧洲评论家的作品，采用了多种复杂的理论方法，探讨了科幻小说传统在拉丁美洲地区的发展。艾丹·保沃的《当代欧洲科幻电影》（2018）描绘了欧洲科幻电影在21世纪的发展历程，这是欧洲自身面临无数危机的时期。这本书强调了科幻小说在疏远、利用和反思大众关注方面的独特能力。艾米·J·兰索，多米尼克·格雷斯的《加拿大科幻小说、幻想和恐怖》（2019）考察了加拿大和魁北克奇幻文学的各种流派，如科幻、幻想、恐怖、本土未来主义等，并讨论了其对殖民主义、民族主义、种族和性别的影响。伊西莫内·布里奥尼，丹尼尔·康贝利亚蒂的《意大利科幻小说》（2019）探索了从1861年意大利统一至今的意大利科幻小说，重点关注了这种类型的小说如何帮助人们塑造了他者和常态的概念。作者认为，虽然科幻小说在意大利可以说是一个小流派，但它提供了一个创新的解读角度来重新思考意大利的历史和想象意大利社会的未来变化。伊恩·坎贝尔的《阿拉伯科幻小说》（2018）追溯了阿拉伯科幻小说的源流。伊恩·坎贝尔研究阿拉伯科幻小说的同时，通过社会或政治批评反思自己的社会无能或拒绝参与现代化，力求阿拉伯世界回到科学技术的领导地位。J·霍格，K·拉森的《西班牙语世界的科学、文学和电影》（2006）谈到受人类基因技术和网络信息爆炸等因素推动，以及全球变暖等由人类引发的灾难威胁，

---

① ISA N M, SHURI M. Ethical concerns about human genetic enhancement in the Malay science fiction novels [J]. Science and Engineering Ethics, 2018, 24: 109-127.

科学和文学研究领域目前正经历着前所未有的扩张。作者认为，科学和文学之间的关系一直是并将继续是理解西班牙文明和文化的核心。

（三）科幻文学流派风格研究

科幻文学流派众多，各个流派特点比较鲜明，但各个流派风格也有混界。美国麦克阿瑟的《哥特式科幻小说》（2015）介绍了具有世界影响的哥特式科幻小说。从《弗兰肯斯坦》到《神秘博士》，从H·G·威尔斯到斯蒂芬·金，这本书描绘了哥特式科幻小说流派的崛起与流变。里斯·加内，R·J·埃利斯的《科幻小说的源流》（1990）是一本论文集，涉及多位作者的文章。主要内容涉及维多利亚时代的科幻小说和幻想、战后科幻小说、女性主义科幻小说等。里奇·卡尔文的《女性主义科幻小说与女性主义认识论》（2016）认为，与女性主义科幻小说同样的担忧伴随着女权主义。卡尔文揭示了历史上一直处于哲学和科学边缘的女性，如何对世界和个人的认识论模式的重新思考和重新制定作出了重大贡献。詹姆斯·克里斯蒂，布雷特·M·罗杰斯和本杰明·埃尔登·史蒂文斯的《科幻小说中的古典传统》①谈到了古典主义风格在科幻小说中的呈现。

余泽梅的《赛博朋克科幻文化研究》（2020）以思想、文化、社会学中的"身体转向"角度研究赛博朋克的后现代性。钟舒的《赛博空间：中国科幻文学的一个批评语境》②呼吁中国科幻文学研究的理论建设，以赛博空间作为批评语境进行了探讨。宋明炜的《中国科幻新浪潮》（2020）是一部论文集，围绕着21世纪以来中国科幻新浪潮进行历史与理论的探讨。胡金生的《现实沃土的理想之花：女权主义科幻小说》③介绍了科幻小说中女权主义流派。叶冬的《美国当代女性主义科幻小说研究》④分析了女性主义科幻小说的女性本体意识和后现代性。

---

① CHRISTIE J, ROGERS B M, STEVENS B E. Classical traditions in science fiction [J]. International Journal of the Classical Tradition, 2015, 22: 380-382.
② 钟舒. 赛博空间：中国科幻文学的一个批评语境 [J]. 当代文坛, 2020 (6): 194-199.
③ 胡金生. 现实沃土的理想之花：女权主义科幻小说 [J]. 国外文学, 1996 (1): 16-21.
④ 叶冬. 美国当代女性主义科幻小说研究 [J]. 外语与外语教学, 2009 (12): 39-41.

(四) 科幻文学与其他学科研究

科幻文学不仅链接了科学与文学两大领域，也与很多学科有所交叉。一些研究就从科幻文学与其他学科交叉的角度着眼。尼古拉斯·O·帕根的《心理学与科幻小说》(2014) 介绍了心理学如何为思考科幻小说提供了一种"新"方式，科幻小说如何不仅揭示了心理学，还揭示了同理心、道德和人性的本质。诺埃尔·高夫的《确定科学教师教育中生物政治批判性素养课程：探索科幻小说的角色》① 中，科学教师和教育家参考科幻小说在大众媒体中的贡献，促进学习者的批判性素养的发展。朱利·L·吉廷格的《科幻小说中的人格》(2019) 认为，科幻小说让我们通过思辨和想象的本质来审视深刻的人格问题。阿图尔·斯克韦雷斯的《麦克卢汉的星系：马歇尔·麦克卢汉思想透视下的科幻电影美学》(2019) 用马歇尔·麦克卢汉的观察来分析科幻电影的美学，将其作为视觉隐喻或探索由电子媒体主导的新现实。迈克尔·巴内特，希瑟·瓦格纳，安妮·加特林，詹妮丝·安德森，梅雷迪思·霍尔和艾伦·卡夫卡的《科幻电影对学生科学理解的影响》② 调查了公众对科学的理解，他们认为虚构的电影和电视在模糊事实和虚构之间的区别方面特别有效。大卫·吉兰，沃恩·普拉恩，凯瑟琳·哈斯的《关于"硬科幻小说与物理学的物质共同构建"的对话》③ 讨论了性别和其他兴趣在物理和科幻小说的"纠缠"中相互作用的方式，以及想象和构建我们可能的更具包容的方式。杰尔兹·布尔佐夫斯基的《科幻小说作为科学教育的跳板》④ 将科幻小说视作科学教育的桥梁。丽贝卡·吉布森的《不仅仅是人类：科幻流行文化如何影响我们对控制

---

① GOUGH N. Specifying a curriculum for biopolitical critical literacy in science teacher education: exploring roles for science fiction [J]. Cultural Studies of Science Education, 2017, 12: 769-794.

② BARNETT M, WAGNER H, GATLING A, et al. The impact of science fiction film on student understanding of science [J]. Journal of Science Education and Technology, 2006, 15: 179-191.

③ GEELAN D, PRAIN V, HASSE C. A dialogue regarding "The material co-construction of hard science fiction and physics" [J]. Cultural Studies of Science Education, 2015, 10: 941-949.

④ BRZOZOWSKI J. Science fiction as a springboard for science education [J]. Science & Education, 2016, 25: 203-206.

论的欲望》① 研究科幻小说中的流行文化主题,然后将这些主题与现实世界中的网络技术发展联系起来,研究医学控制论增强现象。安吉拉·迈耶,艾米莉·切雷尔,马库斯·施密特的《弗兰肯斯坦2.0:科幻电影中合成生物工程师的识别和特征》② 探讨了科学家如何在电影中运用与合成生物学有关的技术。海克·克里佩尔,贝蒂娜·瓦赫里格,安克·泽克纳的《科学、小说和电影中的毒药和中毒》(2017)中,以性别研究、新唯物主义、后殖民主义、解构主义、母题研究和话语分析,探索了科幻文学中的毒药和中毒。大卫·W·库普曼,安德鲁·吉本斯的《童年、科幻小说和教育学》(2019)以科幻小说作为一种探究方法,探讨了儿童、童年和教育学的建构。作者研究了科幻小说如何反映学校教育理论、实践和政策的现状,以及提供其他教育的可能性。H·G·斯特拉特曼的《在科幻小说中使用医学》(2016)探讨了关于各种科幻小说与相关医学主题的最新想法,并为作家寻求增加其作品的现实主义和可读性提供了一个有效的参考来源。达米安·布罗德里克的《意识流与科幻小说》(2018)中指出,科学和科幻小说的核心都是活跃的人类思维——意识。但这种意识究竟是什么?是什么使意识成为哲学的难题,经过数千年的探索仍然没有得到解决?这本书探究了这一谜团的核心——意识的科学和哲学。

徐淑兰、金锋的《科幻文学对AI时代科学技术的影响——波普尔的三个世界视角引发的思考》③ 讨论了科幻文学与AI技术等科技手段的关系。刘义的《西方现代科幻小说中的宗教共同体分析》④ 分析了西方科幻小说中对宗教的描写,讨论了科幻小说与宗教诉求的关系。陈海龙的《面向未来的文学和人类学:科幻文学——现实、

---

① GIBSON R. More than merely human: how science fiction pop-culture influences our desires for the cybernetic [J]. Sexuality & Culture, 2017, 21: 224-246.

② MEYER A, CSERER A, SCHMIDT M. Frankenstein 2.0.: identifying and characterising synthetic biology engineers in science fiction films [J]. Life Sciences, Society and Policy, 2013, 9: 9.

③ 徐淑兰,金锋. 科幻文学对AI时代科学技术的影响:波普尔的三个世界视角引发的思考 [J]. 科技创新与应用, 2020 (1): 63-65.

④ 刘义. 西方现代科幻小说中的宗教共同体分析 [J]. 解放军外国语学院学报, 2018, 41 (5): 144-151.

虚构、想象三元合一》① 探讨了科幻文学与人类学、文学人类学的关系。

（五）科幻文学作家研究

作家研究也是科幻文学研究的一个常见视角。从作家的生活经历、思想观念、写作风格等方面进行研究，以期深化对其作品内涵和价值的理解。华金·M·阿扎格拉-卡罗，安娜贝尔·费尔南德斯-梅萨和尼古拉斯·罗宾逊-加西亚的《"走出壁橱"：文学小说的科学作者和知识转移》② 谈到有些科学家在业余时间写文学小说。如果这些书籍包含了科学知识，那么文学小说就成为一种知识转移机制。科学家在所有科幻文学小说作者中占相当大的比例。此文提出关于将学术逻辑和科学领域问题在文学小说体裁中进行知识转移的作用和可能，就文学小说的科学作者身份作为一种有价值的知识转移机制提出了一些初步结论。迈克尔·巴德顿的《科学家科幻小说》（2017）包含14个有趣的短篇小说，作者是活跃的科学家和其他受过科学训练的作家。科学是真正的科幻小说的核心，像艾萨克·阿西莫夫，阿瑟·C·克拉克和弗雷德·霍伊尔这样的科学家，写了一些黄金时代的科幻小说。新一代的科学家写科幻小说，他们了解各自领域的专业知识，从天体物理学到计算机科学，从生物化学到火箭科学，从量子物理学到遗传学，推测我们的宇宙有什么可能。科幻文学这里存在着只有科学才能带来的奇迹感。

刘健的《中国科幻文学创作进入80后时代》③ 对中国"80后"科幻作家群进行研究，介绍了其崭新的创作风格。汤黎的《民族性和国际化的共同观照：中国当代科幻小说如何讲述"中国故事"》④ 分析了刘慈欣、王晋康、韩松等科幻作家的作品，讨论了中国科幻

---

① 陈海龙. 面向未来的文学和人类学：科幻文学：现实、虚构、想象三元合一 [J]. 徐州工程学院学报（社会科学版），2021，36（1）：8-15.

② AZAGRA-CARO J M, FERNÁNDEZ-MESA A, ROBINSON-GARCÍA N. "Getting out of the closet": scientific authorship of literary fiction and knowledge transfer [J]. The Journal of Technology Transfer, 2020，45：56-85.

③ 刘健. 中国科幻文学创作进入80后时代 [J]. 天津师范大学学报（社会科学版），2018（1）：22-30，38.

④ 汤黎. 民族性和国际化的共同观照：中国当代科幻小说如何讲述"中国故事" [J]. 西南民族大学学报（人文社科版），2020，41（3）：185-191.

小说讲好中国故事的可能性。吴岩的《科幻文学论纲》（2021）分析了科幻文学作家当中的四个群体。近些年，对刘慈欣的研究形成科幻作家研究的一个热点。比如：汤哲声的《站在地球，敬畏星空：刘慈欣科幻小说论》①，段崇轩的《现实距离科幻有多远——刘慈欣科幻小说漫论》②，李广益的《中国转向外在：论刘慈欣科幻小说的文学史意义》③，等等。对其他科幻作家的研究有：高亚斌、王卫英的《为科幻文学寻找绚烂的艺术空间——论拉拉的科幻小说创作》④，袁良骏的《卫斯理（倪匡）科幻小说的特点》⑤，吴岩的《论郑文光的科幻文学创作》⑥，刘汉波的《流浪的异托邦——郝景芳科幻小说论》⑦，徐刚的《科普，或文学的幻想与现实——郑文光科幻小说论》⑧，游澜的《在科技与人文之间——刘宇昆科幻小说论》⑨，司宇辰的《王晋康科幻小说科技伦理研究》（2020），等等。对外国科幻作家的研究，比如：刘劲帆的《论威廉·吉布森的赛博朋克科幻文学创作》（2015），王宏起的《科幻小说？抑或预警小说？——布尔加科夫的〈不祥之蛋〉和〈狗心〉两小说解析》⑩，朱振武、吴妍的《爱伦·坡科幻小说的人文关怀》⑪，等等。

---

① 汤哲声. 站在地球，敬畏星空：刘慈欣科幻小说论［J］. 文艺争鸣，2018（3）：146-153.
② 段崇轩. 现实距离科幻有多远：刘慈欣科幻小说漫论［J］. 南方文坛，2019（2）：10-15, 20.
③ 李广益. 中国转向外在：论刘慈欣科幻小说的文学史意义［J］. 中国现代文学研究丛刊，2017（8）：48-61.
④ 高亚斌，王卫英. 为科幻文学寻找绚烂的艺术空间：论拉拉的科幻小说创作［J］. 华北水利水电大学学报（社会科学版），2015, 31（4）：131-134.
⑤ 袁良骏. 卫斯理（倪匡）科幻小说的特点［J］. 苏州科技学院学报（社会科学版），2005（2）：80-83.
⑥ 吴岩. 论郑文光的科幻文学创作［J］. 大庆高等专科学校学报，2002（2）：111-118.
⑦ 刘汉波. 流浪的异托邦：郝景芳科幻小说论［J］. 扬子江评论，2017（1）：96-99.
⑧ 徐刚. 科普，或文学的幻想与现实：郑文光科幻小说论［J］. 名作欣赏，2018（13）：101-107.
⑨ 游澜. 在科技与人文之间：刘宇昆科幻小说论［J］. 当代作家评论，2020（3）：171-177.
⑩ 王宏起. 科幻小说？抑或预警小说：布尔加科夫的《不祥之蛋》和《狗心》两小说解析［J］. 中外文化与文论，2005（01）：137-146.
⑪ 朱振武，吴妍. 爱伦·坡科幻小说的人文关怀［J］. 外国语（上海外国语大学学报），2009, 32（06）：64-71.

三、关于科技伦理与科幻文学研究

(一) 综合分析研究

西尔维·马格尔斯特德的《当代科幻电影中的身体、灵魂与网络空间：虚拟世界与伦理问题》（2014）将电影主题与宗教、哲学和伦理问题联系起来，探索了科幻电影如何在数字时代回答关于肉体和灵魂、虚拟和灵性的问题。克里斯蒂安·拜伦，彼得·尼古拉·哈尔沃森，克里斯蒂娜·科内亚的《科幻小说，伦理学和人类状况》（2017）探讨了科幻小说如何能告诉我们在技术世界中人类的处境，以及由此带来的伦理困境和后果。科幻小说作为一种假想的实验室实验，帮助我们理解科学技术的可能性和人类在当代世界中的技术和伦理困境。埃拉娜·戈梅尔的《科幻小说、外星人相遇与后人类主义的伦理》（2014）研究了科幻小说中的外星人，并涉及一系列文本，包括 H·G·威尔斯和罗伯特·海因莱因的经典小说；格雷格·贝尔，奥克塔维亚·巴特勒和雪莉·泰珀等的科幻小说。扎卡里·肯达尔，艾斯林·史密斯，朱利亚·查品，安德鲁·米尔纳的《伦理未来与全球科幻小说》（2020）共 14 章，作者来自 16 个国家，探讨了近期科幻小说中对未来的看法，并通过当代视角重新审视了早期文本。该书深入研究了一系列当代相关的伦理问题，包括环境伦理、后殖民伦理、社会正义、动物伦理和其他伦理。罗素·布莱克福德的《科幻小说与道德想象》（2017）讨论了科幻小说和人类道德想象的交集。

吴岩、方晓庆的《中国早期科幻小说的科学观》[①] 探讨了 20 世纪初期中国科幻小说复杂的科学观，理论与现实的认知差距，造成中国科幻小说在一定时期发展缓慢。葛虹局的《论中国当代科幻小说中的现代性反思》（2014）从人的异化、生态危机、道德沦陷三个角度对中国当代科幻小说进行了分析。计海庆、孙路在《科幻小说的伦理解读》[②] 中谈到对科幻小说可以进行生命伦理、环境伦理等解读，以期了解科幻小说背后的科技观。邬晓燕的《科幻小说：

---

① 吴岩, 方晓庆. 中国早期科幻小说的科学观 [J]. 自然辩证法研究, 2008 (4): 97-100.
② 计海庆, 孙路. 科幻小说的伦理解读 [J]. 自然辩证法研究, 2004 (10): 75-78.

科技时代新的解读方式》① 认为科幻小说具有大众化、意识形态性、乌托邦功能，可以诠释、建构和解构生活。曹鹏越的《文学伦理学视域下威尔斯科幻小说的伦理警示》（2018）运用文学伦理学阐释威尔斯科幻小说中的伦理思想。刘潇的《威尔斯科幻小说中科技引发的伦理冲击》（2013）探讨了威尔斯科幻小说中的社会伦理、人性异化、生命伦理问题。王茜的《菲利普·K·迪克科幻小说的科技伦理危机主题》（2015）探讨了菲利普·K·迪克科幻小说中关于生命伦理、虚拟信息伦理和生态危机的描述。刘晓华的《英美科幻小说科技伦理研究》（2019）分析了英美科幻小说中的克隆人、赛博朋克、机器人、赛博格等描写，探讨了英美科幻小说对伦理道德的表现。宁大治的《英美科幻小说的伦理分析》（2006）也以文学伦理学批评的方法对英美科幻小说进行了伦理道德分析。

（二）生命伦理研究

伯特·戈尔迪金和亨克·滕·黑文的《科幻小说和生命伦理学》② 将对遥远世界和未来文明的无拘束叙述与看似坚实的科学技术基础结合在一起，从而打开了可能在某一天真正实现的未来场景。科幻小说和生命伦理学之间似乎有某些相似之处。两者都以发人深省的方式将科学和道德结合起来。最近，生物伦理学家开始讨论另一个宏大的思想实验："道德生物增强"。索维格·L·汉森的《家族相似性：以人类生殖克隆为例重新思考生命伦理学与科幻小说的相互关系》③ 中，从两个方面论述了生命伦理学与科幻小说的相互关系。首先，两种话语都使用想象力来设定场景和确定视角。其次，生命伦理学与科幻小说在表达道德信仰方面具有家族相似性。然后，考虑如何将生物伦理学和科幻小说理解为相互关联的话语，从而成为在生物技术和医学背景下探究关系自治的方法论基础。

郭雯的《克隆人科幻小说的文学伦理学批评研究》（2019）从

---

① 邹晓燕. 科幻小说：科技时代新的解读方式［J］. 自然辩证法研究，2007（5）：105-108.
② GORDIJN B, HAVE H T. Science fiction and bioethics［J］. Medicine, Health Care and Philosophy, 2018, 21：277-278.
③ HANSEN S L. Family resemblances: human reproductive cloning as an example for reconsidering the mutual relationships between bioethics and science fiction［J］. Journal of Bioethical Inquiry, 2018, 15：231-242.

文学伦理学角度分析了克隆人题材科幻小说的伦理问题。王丹的《论科幻文学中人造人对承认的追寻》（2009）分析了科幻文学中人造人追求人类承认的情节，探讨了人造人与人类的关系。李斌的《怪物、语言体系与困境——中国科幻小说中人造人形式的生发与衍变》① 通过中西对比，分析了中国科幻小说人造人的发展衍变。贺欣晔的《科幻文学中人工智能与人类智能的关系》② 分析了科幻文学中有关人工智能与人类智能的描写：无法达到、基本接近、大幅超越。吕超的《科幻文学中的人工智能伦理》③ 面对着人工智能的异军突起，提出了忧思。王一平的《从"赛博格"与"人工智能"看科幻小说的"后人类"瞻望：以〈他，她和它〉为例》④ 中，探讨了后人类时代人类主体性问题。李世昕的《何以为人——对四部机器人科幻小说的伦理分析》（2017）分析了机器人面临的伦理困境，以及人类与机器人关系的变化，探寻人类伦理道德的进步之路。吕超的《西方科幻小说中的机器人伦理》⑤ 以文学伦理学批评方法审视科幻小说中的机器人描写。胡晓岩、李保杰的《当代美国科幻小说中的人类基因编辑及伦理选择》⑥ 探讨了技术与人类、技术与权力、技术与伦理等问题。王瑞瑞的《科幻文学、外星他者与后人类伦理：评莱姆〈索拉里斯星〉》⑦ 是对人类中心主义进行批判。周亦张的《技术资本时代的人与动物：英美科幻文学中的动物伦理问题研究》（2019）通过研究英美科幻小说描述现代科技对动物伦理处境的影响，以期改变动物的伦理处境、伦理地位，寻求解决现

---

① 李斌. 怪物、语言体系与困境：中国科幻小说中人造人形式的生发与衍变［J］. 南京师范大学文学院学报，2020（3）：111-120.

② 贺欣晔. 科幻文学中人工智能与人类智能的关系［J］. 沈阳师范大学学报（社会科学版），2016，40（2）：111-115.

③ 吕超. 科幻文学中的人工智能伦理［J］. 文化纵横，2017（4）：45-55.

④ 王一平. 从"赛博格"与"人工智能"看科幻小说的"后人类"瞻望：以《他，她和它》为例［J］. 外国文学评论，2018（2）：85-108.

⑤ 吕超. 西方科幻小说中的机器人伦理［J］. 外国文学研究，2015，37（1）：34-40.

⑥ 胡晓岩，李保杰. 当代美国科幻小说中的人类基因编辑及伦理选择［J］. 山东大学学报（哲学社会科学版），2020（6）：165-171.

⑦ 王瑞瑞. 科幻文学、外星他者与后人类伦理：评莱姆《索拉里斯星》［J］. 中国文学研究，2019（4）：174-180.

实动物伦理问题的希望。

(三) 生态伦理研究

奥托·埃里克的《科幻文学与生态良知》(2006) 研究了科幻文学的生态良知责任与贡献。孙宜学、王双的《新浪潮时代英国科幻小说的生态思想探究》① 以新浪潮时代英国科幻小说为研究对象，探讨了工业文明和生态环境的矛盾。徐筱虹的《20世纪西方科幻小说的生态危机意识研究》② 梳理了20世纪西方科幻小说对生态伦理的关切。

汪荣的《两岸海洋科幻文学中的生态关怀：以陈楸帆〈荒潮〉与吴明益〈复眼人〉为例》③ 分析文本中，分析了大陆和台湾在海洋科幻小说领域对于生态危机的关注。王茜的《科幻文学中的"变位思考"与生态整体主义的反思：以〈三体〉为例》④ 通过"变位"（变优势地位为弱势地位）来分析生态整体主义。刘媛的《中国当代科幻小说的生态伦理》⑤ 阐释了科幻小说中的传统生态观和生态整体论。黄鸣奋的《科幻电影创意与生态伦理》⑥ 探讨了科幻电影中体现出来的人类中心主义、生态中心主义和宇宙生态主义等生态伦理理念。

(四) 社会政治伦理

杰西卡·兰格的《后殖民主义和科幻小说》(2011) 研读了日本和加拿大的科幻小说，进而解构后殖民主义。埃里克·D·史密斯的《全球化、乌托邦与后殖民科幻》(2012) 研究了后殖民第三世界科幻文学叙事对全球化所带来的空间、政治和突出困境的乌托邦

---

① 孙宜学，王双. 新浪潮时代英国科幻小说的生态思想探究 [J]. 井冈山大学学报（社会科学版），2020，41 (2)：112-117.

② 徐筱虹. 20世纪西方科幻小说的生态危机意识研究 [J]. 南昌师范学院学报，2019，40 (4)：90-95.

③ 汪荣. 两岸海洋科幻文学中的生态关怀：以陈楸帆《荒潮》与吴明益《复眼人》为例 [J]. 海南师范大学学报（社会科学版），2018，31 (4)：33-38，51.

④ 王茜. 科幻文学中的"变位思考"与生态整体主义的反思：以《三体》为例 [J]. 山东社会科学，2016 (8)：110-116.

⑤ 刘媛. 中国当代科幻小说的生态伦理 [J]. 江苏科技大学学报（社会科学版），2013，13 (1)：55-58.

⑥ 黄鸣奋. 科幻电影创意与生态伦理 [J]. 社会科学战线，2019 (3)：198-208.

式回应。贾立元的《晚清科幻小说中的殖民叙事：以〈月球殖民地小说〉为例》① 中以中国最早的一部科幻小说《月球殖民地小说》（1904）为例，通过对主人公"狂人"形象的分析，控诉了殖民者的暴行，也控诉了现代科技貌似"神迹"实则无法解决"文明—野蛮"话语体系的种种问题，传达了科技无力感的观点。

李晓的《论中国科幻小说中的科技观》（2014）探讨了在不同时代中国科幻小说的科技观发展变化，从科技救国、科技崇拜到批判其与伦理道德的冲突。王瑶的《全球化时代的民族寓言——当代中国科幻中的文化政治》② 从文化政治视角考察中国科幻文学的发展历程，分析其不同于西方科幻文学的文化政治价值。余泽梅的《陌生化与认知：作为一种社会批判的科幻小说》③ 探讨了科幻小说的社会批判功能，对文化研究的拓展功能。韩松、孟庆枢的《科幻对谈：科幻文学的警世与疗愈功能》④ 探讨了科幻文学的主要社会功能：警世与疗愈。王瑞瑞的《论科幻文学的宇宙伦理：以刘慈欣的"三体系列"为中心》⑤ 分析文本中，分析了后人类时代的宇宙伦理：道德乌托邦还是黑暗森林法则，这是个问题。

四、相关研究简要评析

通过对科幻文学的伦理研究相关代表性成果梳理，可以确定此研究领域的关注度、关注侧重、研究角度等基本情况，从而进一步明确本研究领域的发展视域与创新空间。

（1）研究的关注度。近年来学界对于科幻文学的伦理研究关注度越来越高，证明了科幻文学伦理研究具有理论意义与实践意义。

---

① 贾立元. 晚清科幻小说中的殖民叙事：以《月球殖民地小说》为例 [J]. 文学评论, 2016（5）: 117-127.

② 王瑶. 全球化时代的民族寓言：当代中国科幻中的文化政治 [J]. 中国比较文学, 2015（3）: 86-100.

③ 余泽梅. 陌生化与认知：作为一种社会批判的科幻小说 [J]. 江西社会科学, 2012, 32（1）: 122-125.

④ 韩松, 孟庆枢. 科幻对谈：科幻文学的警世与疗愈功能 [J]. 华南师范大学学报（社会科学版）, 2020（4）: 134-143, 191-192.

⑤ 王瑞瑞. 论科幻文学的宇宙伦理：以刘慈欣的"三体系列"为中心 [J]. 江淮论坛, 2018（5）: 175-180.

以科技哲学视角研究科幻文学，已经形成了一定数量的理论著作，逐步搭建了理论体系。同时可以看出，科幻文学伦理研究在学界不算热点，理论体系与具体研究还有较大讨论发展空间。整体来说，开展本研究领域既有一定的理论基础，也有一定的创新可能。

（2）研究关注的侧重点。从已有相关代表性成果看，本研究领域的关注侧重偏于科幻史、科幻流派、科幻作家、科幻故事的研究，即侧重于讲史、论人、说事。在关注科幻文学中传达的科技伦理问题时，往往侧重于关注科幻故事本身。在研究过程中体现出的关注侧重叙述性强，故事性强，从而将初始目标的伦理关注侧重跳转到了情节关注侧重，而对情节叙事等进行哲理反思还有提升空间。

（3）研究关注的角度。梳理相关代表性成果，可以发现描摹重述科幻文学中的伦理关涉情节这一研究角度占有绝对优势。复述文学情节也能起到哲学反思的功能，不过对于科幻文学的伦理反思这一哲学论题，仅有常见的提炼文学情节作为伦理研究的角度是不够的，还需要从学科交叉的角度分析和传达这种反思。而科幻文学的伦理建构问题，代表性成果较少，值得深入讨论、认真研究。

第三节　研究思路与框架

一、研究思路

本书遵循从现象到本质，从事实到价值，从归纳法到演绎法，实践—认识—实践的逻辑规律，从科学与文学、科技哲学与文学融合的典型样态——科幻文学，研究科幻文学的伦理反思与对科技伦理的建构方式和途径。本书紧密围绕四个关键词"科幻""伦理""反思""建构"进行研究。科幻文学的伦理反思与建构，借以蕴含科技因素的文学作品、文学现象，集中反映了科技哲学的科技价值反思性质。科幻文学的这种伦理反思与建构，因其科技的"奇幻"描写与文学的引人入胜，在很大程度上减少了普通大众对科技特别是科技机理的陌生感。普通大众通过对科幻文学的阅读接受，进而引发其对科技伦理的关注和思考。研究科幻文学的伦理反思，思考科幻文学的伦理建构，透视科幻文学的科技哲学要素，认知科技哲学的多种表达载体，努力探索在大文科背景下哲学与其他文科的紧密联系和深刻关系。

（1）科幻文学是科技哲学的一种文学表达载体。从科技哲学学科背景出发，根据坚持不懈的学有所思和文献分析法等，通过研究发现，科幻文学是大文科背景下科技哲学的典型表达载体。对科幻文学的科技哲学要素进行挖掘，可以发现科幻文学的伦理反思与建构是科幻文学的重要内容和意义。科幻文学的科技哲学要素，演绎了文学的内涵性，深化了文学的反思性，厚重了文学的人文性。哲学让读者透过文学的多彩幔帐，看到更远的风景。科幻文学中的科技因素满足了人类的好奇心，对新鲜感、惊异感的趣味，而其中透射出的伦理反思，使得一些读者超越了简单的感官满足，而思考如何自处、往哪里去等哲学问题。

（2）科幻文学蕴含着可言说或不可言说的哲学意味。从文学学科的背景出发，根据大量的科幻文学作品阅读经历和比较研究，体会到人物命运、故事走向、意象设定蕴含着可言说或不可言说的哲学意味。与现代人类社会、人类命运密切相关的科技，不仅极大地改变了人类社会，也丰富了描写人类社会的文本。科幻文学记述着科技背景之下的人类，传达着对科技的喜忧参半，甚至对人类命运的忧惧未知。科幻文学在伦理反思中警醒着人类，在伦理建构中启示着人类，在反思与建构中疗愈人类面对科技与命运的复杂感知和况味。科技因素、奇幻想象、生动表达的文学作品又富含伦理反思，这样的作品往往感人至深。

（3）确定科幻文学选题的具体切入点和落脚点。借助科技哲学、伦理学、人文学、文学研究、价值论等相关理论和方法，针对科幻文学的科技哲学要素，科技哲学的多种表达载体，努力探索在大文科背景下哲学与其他文科的紧密联系和深刻关系，确定选题的切入点在于科幻文学的科技伦理反思与建构，落脚点在于科幻文学的科技哲学要素。本书紧紧围绕切入点和落脚点，思考科幻文学的伦理建构方式和途径，对科幻文学的挑战、科技伦理的困境进行探寻，努力展望科幻文学与科技伦理发展的未来可能性。

（4）检验科幻文学选题的可行性与思路的合逻辑性。通过概念分析法、案例分析法、比较研究法、系统论方法，发现科幻文学集中反映了科技哲学与文学的学科交叉性，科幻文学对科技伦理的反思与建构，既是科技哲学伦理反思的重要问题，也是文学人文反思的重要领域。厘清科幻文学、科技伦理的概念，考察科幻文学的伦理反思源流，分析科幻文学的伦理反思进路，探寻科幻文学的伦理建构途径，考量科幻文学伦理反思的困境与超越，研究思路符合从现象到本质，从事实到价值的逻辑规律。

二、研究方法

本书采用文献梳理法、专家访谈法、概念分析法、案例分析法、比较研究法、系统论方法。特别是注重科学技术哲学与科幻文学之间的关系，属于大文科背景下的跨学科研究。

（1）文献梳理法。通过中国知网、中国国家数字图书馆、Springer LINK、Web of Science 等文献数据资源，搜集、整理、分析关于科幻文学与科技伦理的相关研究成果，以及科学与文学、哲学与文学的相关研究成果，从科技哲学、科学、哲学、文学的视角，来梳理科幻文学的伦理反思发展源流，挖掘科幻文学的哲学意蕴，探寻科幻文学的伦理反思与建构。

（2）专家访谈法。通过与科技哲学研究领域各位专家的交流、请教，修改、确定本书的选题和思路，完善本书的语言表达和细节。专家访谈法有文献梳理法达不到的意义，特别是对本书的细节完善，专家访谈法发挥了重要作用。在此感谢科技哲学研究领域的各位专家严谨的学风，对本书毫无保留的建议。

（3）概念分析法。本书有几个关键概念：科幻文学、科技伦理、科学、文学等，本书建立在对这些关键概念的界定上。概念界定、分析清楚，有助于研究的准确性和规范性，有助于考察源流、分析进路、考量途径、探寻可能。通过概念分析法，准确明晰这些关键概念，理顺这些概念的逻辑关系，清楚这些概念背后的历史源流，有助于本书的扎实推进。

（4）案例分析法。通过选取科幻文学中的典型作品、典型人物、典型设定等案例，作为考察科幻文学的伦理反思源流与研究对象，来分析科幻文学的伦理反思进路，探寻科幻文学的伦理建构途径，考量科幻文学伦理反思的困境与超越。通过个案分析和群像分析，探究科幻文学对科技伦理的反思进路和建构途径。

（5）比较研究法。通过对不同时期的科幻小说的比较研究，考察它们伦理反思的关注点。通过对中外科幻小说的比较研究，探究它们伦理反思的侧重点。本书还涉及科学与文学的比较研究、哲学与文学的比较研究，并将其作为本书研究的理论背景和学科基础。

（6）系统论方法。通过系统论方法，把科幻文学与科技哲学放在一个系统，分析其关联的概念、内在的关系。通过科技伦理反思探究科幻文学与科技哲学系统的关键要素、一般特征、相互关系。从系统论的视角进行研究，有助于本书的整体把握、框架形成、互动分析。

三、研究框架

借助科技哲学、伦理学、人文学、文学研究、价值论等相关理论和方法，针对科幻文学的科技哲学要素，科技哲学的多种表达载体，努力探索在大文科背景下哲学与其他文科的紧密联系和深刻关系，确定选题的切入点在于科幻文学的科技伦理反思与建构，落脚点在于科幻文学的科技哲学要素。本书紧紧围绕切入点和落脚点，思考科幻文学的伦理建构方式和途径，对科幻文学的困境、科技伦理的困境进行探寻，努力展望科幻文学与科技伦理发展的未来可能性。科幻文学作为科学与文学、科技哲学与文学融合的典型样态，涉及科技哲学、伦理学、人文学、文学研究、价值论等多领域、多学科。科技极大地改变了人类社会，改变了人类存在和发展的方式，也改变了人类表达情感、进行形象思维的内容和形式。第一章绪论，包括问题的提出，已有文献研究述评，研究思路与框架，可能的创新；第二章科技伦理与科幻文学溯源，包括科技伦理、科幻文学的概念解读，科技伦理与科幻文学的关系表达，科技伦理在中外科幻文学的出场；第三章科幻文学的科技伦理主题，包括科技造物与生命伦理追问，科技景观与生态伦理觅寻，科技配置与生存伦理思考，科技规制与责任伦理探究；第四章科幻文学的科技伦理建构，包括科幻文学想象预判科技伦理前景，科幻文学表达构建科技伦理议题，科幻文学传播调节科技伦理方向，科幻文学现象映射科技伦理发展；

第五章科技伦理与科幻文学的互动价值，包括危机与新机，解构与建构，对立与融合，崇拜与突破，控制与穿越；第六章科技伦理与科幻文学的演进展望，包括科技伦理与科幻文学面临的挑战，科技伦理与科幻文学未来的发展；第七章总结与展望。通过科幻文学的传播，有助于科技伦理引起社会关注、形成社会议题，进而建构更加合理的科技伦理理论和实践。

第四节 可能的创新

一、选题的创新

科幻文学作为科学与文学、科技哲学与文学融合的典型样态，涉及科技哲学、伦理学、人文学、文学研究、价值论等多领域、多学科。既不是单纯的文学问题，也不是单纯的科学问题、哲学问题。文学作为人类情感和形象思维的典型产物，科技作为人类理性逻辑和智慧的典型创造，二者都突显了人类的不同特质。科技极大地改变了人类社会，改变了人类存在和发展的方式，也改变了人类表达情感、进行形象思维的内容和形式。科技丰富了文学的题材、内容、写作方式、传播方式、接收方式。科技成为文学的素材、主题、存储载体、传播介质、分析手段。在科幻文学的哲学研究中，抓住科幻文学的伦理反思与建构视角，是切入科学与文学、哲学与文学的一个学科交叉的角度。通过科幻文学的传播，有助于科技伦理引起社会关注、形成社会议题，进而建构更加合理的科技伦理理论和实践。科幻文学对科技伦理的反思集中在哪些领域，哪些反思引起社会普遍关注？科幻文学对科技伦理的建构以哪些途径和方式实现？科幻文学对科技伦理的反思和建构面临哪些困境，未来有什么发展可能性？这些问题不仅科技哲学学者关注，社会大众也普遍关注。对科幻文学的科技哲学研究，探究科技在人类命运何所在、何所去的问题中发挥什么样的作用，是学者关心的学术问题，也是社会大众关注的社会问题。

二、观点的创新

（1）提出了科幻文学是科学与文学、科技哲学与文学融合的典型样态。科技与人文的融合是近年来的热点问题之一。学术界和社会更多关注的是科技为手段，人文为目的的融合。比如通过科技手段实现人文内容数据化，存储、传播、分析。科幻文学是科技与人文的另一种类型的融合，这种融合不是"科技介质+文学主体"的融合。科技在这种科技与人文的融合里，不再是介质，不再是手段，而成为主题、内容、题材、对象。在很大程度上，这种融合可以称为"文学介质+科技主体"的融合。因此，科幻文学是科学与文学、科技哲学与文学融合的典型样态。

（2）阐释了科幻文学是科技哲学的表达载体之一。科学技术哲学从学科发展脉络、实际研究领域，含有丰富的内容和表达。科幻文学的伦理反思研究属于科技与社会的研究范围。科学与文学、科幻文学与科技哲学，研究的切入点在于科技与人类社会的关系到底如何、有何可能、将会怎样。科幻文学是描摹科技影响、科技可能性与人类所在、人类何往的典型文本，以文学表达的方式集中反映了社会大众对于科技的喜和忧。喜的是科技有益于人类社会的一面，忧的是不知科技风险能否可控。社会对科技风险的担忧尤其催发科技伦理的理论研究和实践进步。

（3）分析了科幻文学的科技伦理建构途径，科技伦理与科幻文学的互动。身处科技发达的现代社会，面临着生命命题、生态危机、未来生存，学者和大众都对科技伦理建构充满期待。除了专业学者进行研究、著述，推进科技伦理的理论和实践进步，科幻文学也对科技伦理的建构产生了作用。科幻文学的科技伦理建构不仅停留在文本期待里，也像"画中人"似的，走到社会现实中，引起了科技伦理的理论演进和实践改变。探究科技伦理构建的途径，是科幻文学的哲学研究中一个创新的角度。

三、思路的创新

本书的思路是科幻文学热点反射科技伦理议题，科幻文学史映射科技伦理发展史，探究科幻文学建构科技伦理的进路和途径。从现象到本质，从事实到价值，从归纳法到演绎法，从科幻文学实践—科技伦理认识—科技伦理建构实践的思路，来推进本书的研究。

本书属于大文科背景下的跨学科研究，尤其是注重科学技术哲学与科幻文学之间的内在联系。努力在历史源流、逻辑思路、系统分析等方面做到清晰、和谐、丰赡。

本书运用文献梳理法、专家访谈法、概念分析法、案例分析法、比较研究法、系统论方法等，向着准确、规范、有所思、有所依的要求，达成本书的著作和表达。

第二章

科技伦理与科幻文学溯源

第一节 科技伦理、科幻文学的概念解读

一、伦理与科技伦理定义

《辞海》(第七版)中对"伦理"的一般释义为:人们相互关系的行为准则,或指具有一定行为准则的人际关系。英文伦理一词 ethic 源于希腊文 ethos,意为习惯、风俗,与 moral(道德)意义相同。在西方伦理思想史中,通常将"伦理"与"道德"作同义词使用。《朗文当代英语词典》释义为:伦理指影响人们行为和态度的一般观念或信念。伦理(复数)指决定是非的道德规则或行为原则。《辞海》(第七版)中对"科技伦理学"的一般释义为:"研究科学技术中的伦理问题的学科。应用伦理学的分支。主要研究:科技发展与道德进步的关系;当代科技革命中提出的诸如试管婴儿、器官移植、遗传工程中的伦理问题;科技道德的本质、特点和功能;科技工作者应当遵循的道德规范和道德品质等。"科技伦理主要包含生命伦理、生态伦理、生存伦理、责任伦理等。

二、科学与文学概念界说

《辞海》(第七版)中对"科学"的一般释义为:"运用范畴、定理、定律等思维形式反映现实世界各种现象的本质和规律的知识体系。社会意识形式之一。""按与实践的不同联系,可分为理论科学、技术科学、应用科学等。"在现代,科学技术是第一生产力。

《朗文当代英语词典》释义为：科学是关于世界的知识，尤指基于检验、测试和证明事实的知识；科学研究；科学的特定部分，如生物、化学或物理等。《辞海》（第七版）中"人文科学"："广义一般指对社会现象和文化艺术的研究。"

《辞海》（第七版）中对"文学"的一般释义为："现代专指用语言塑造形象以表现社会生活，表达作者思想感情的艺术，故又称'语言艺术'。""文学带有倾向性，优秀的作品又往往具有普遍的社会意义和审美价值。""现代通常分为诗歌、散文、小说、戏剧和影视文学等体裁。"《朗文当代英语词典》释义为：文学是人们认为重要和好的书籍、戏剧、诗歌等。

关于科学与文学的关系，对立其二者的大有人在，融合其二者的也有响应。英国物理学家查尔斯·珀西·斯诺比较集中地阐释了科学家与文学家的分歧，他们普遍认为科学与文学存在着不可逾越的沟壑，他们不理解对方的工作，他们的思维特点、工作方法、研究成果截然不同，没办法比较，没办法沟通。科学与文学因为互相不了解、不理解，造成隔阂甚至彼此轻视。（《两种文化与科学革命》，1959）① 而查尔斯·珀西·斯诺本身又是一位小说家，他自身实现了科学与文学的融通。中国文化长久以来也有"道""器"之争、"体""用"之辩。文学家认为自己承担着文以载道的使命，朝闻道的信仰。同时，文学家也认为"道"本"器"末，"体"重"用"轻，轻视"器""用"。回溯历史，近现代以来，在科学与文学"孰优孰劣"的争执中，科学越来越取得压倒性优势。科学救国、科技兴邦成为普遍的社会共识。另一方面，科文融和的大家自古有之，如达芬奇、培根等。文学家当中也有很多科学家，比如大卫·福斯特·华莱士、保罗·乔尔达诺、艾伦·莱特曼、吕贝卡·戈尔茨坦等。进入 21 世纪以来，欧美很多大学相继开设了"文学与科学"类课程。

放下成见，走近彼此。科学与文学都能发现彼此的伟大。在彼此的世界里看见自身未见的风景，打开自身熟悉的圈层，开拓科学

---

① 陈恒六. 科学、文化，科学史、人道主义：C.P.斯诺及其《两种文化与科学革命》和 G. 萨顿及其《科学史和新人道主义》述评 [J]. 大自然探索, 1987（1）：136-142.

科幻文学的科技伦理审视

与文学新的发展境界。科幻文学是科学知识、科学幻想与文学表达、文学想象融合的典型表达载体，实现了科学、文学、哲学的融通。科学对文学的影响体现在两个层面。一个层面是科学手段、技术装备、制度应用等对文学创作与接受的影响。另一个层面是科学精神、科学意识、科学方法等对文学创作与接受的影响。在中国，五四新文化运动的科学主张、科学精神深远地影响了中国现代文学，将科学的理性精神与文学的启蒙性质紧密结合起来。20世纪80年代科学话语的重新兴起，深刻地烙印了80年代文学样貌与社会文化生态，将科学的理性精神与文学的自由向往着重表述出来。科学是关于真实、现实的系统理论。文学将科学与人的生存、人格探寻联系在一起进行语言艺术创作。文学为科学提供了呈现的场景。科学借助文学表达沉思。沉思是对于想要追问的、值得追问的给予关注与沉虑。阿尔都塞认为，科学以认知的方式显示对象，文学艺术用领悟、感受的方式显示对象。与此同时，阿尔都塞还认为，文学是科学和意识形态之间的驿站。①

三、科幻文学的内涵解读

科幻文学是科学幻想文学的简称，以科幻小说为主要形式，还包括科幻戏剧、科幻影视、科幻诗歌、科幻散文等多种文学类型。就像科学与文学的关系难分难解、纷繁复杂一样，关于科幻小说的概念内涵也众说纷纭、莫衷一是。在科幻文学发展史中，科学小说、惊奇故事、奇异故事、惊异故事、荒诞小说、未来小说、理想小说、哲理科学小说、推想小说、推测小说、奇幻小说、科幻小说，等等，科幻文学曾经有很多个名字，这些名字也说明了对科幻文学的概念内涵认知，其侧重各有不同。目前学界比较认同的科幻小说释义是达科·苏恩文的论述。苏恩文认为科幻小说是以认知疏离、新生事物以及与乌托邦的渊源为核心要素的文学体裁。而科幻小说与奇幻小说的区别在于，科幻小说必须逻辑连贯、讲究方法，它们的科学性必须达到模仿、加强并阐释科学认知过程的程度。② 很多理论家、

---

① 路易·皮埃尔·阿尔都塞. 列宁和哲学 [M]. 伦敦：新左派评论，1971：2.
② 达科·苏恩文. 科幻的蜕变 [M]. 康涅狄格州：耶鲁大学出版社，1979.

评论家、科幻工作者,从不同角度阐释了对科幻文学概念内涵的见解。比如:布哈伊·哈桑,赫伯特·W·弗兰克,玛莎·努斯鲍姆,等等。

确实,科幻文学的题材内容、表现手法、呈现风格是多种多样、多姿多彩的。这给予了理论家、评论家、科幻工作者从各自侧重的角度来阐释科幻文学的可能性。人类集体无意识、个人主体有意识,我们的经验之海、体验之森、直觉之泉,深藏着一些幻想。这些幻想有时候欲说还休,有时候难以启口,有时候欲说忘言,有时候辞不达意。而科幻文学却将我们幻想过、正在幻想、即将幻想的种种,用文字描摹出来,展现在读者身旁如临真境。有些科幻文学特别是早期科幻文学作品,文学表达可能略显粗糙,科学幻想亦可能略显天真,道德判断、伦理评价或许清浅简单,整体阅读鉴赏感受也或许未如人意。但是,科幻文学坚定执着地追寻人类关于科学理性与文学情志融合的创新表达,每每给读者带来豁然开朗的生存感悟、未来视野。科幻文学是虚构的,也是现实的,以虚构的文学表达反映现实的伦理期待。科幻文学是关于科学的,也是有关戏剧的,以戏剧的情节叙事映射科学与人、社会的深刻关联。科幻文学是模拟预演的,也是复刻真相的,以模拟预演警示我们调整变革被复刻的某些不合理真相。

我国最早论及科幻小说概念的是梁启超,他在《中国唯一之文学报〈新小说〉》(1902)里将科幻小说归于哲理科学小说,① 很有预见性地点出了科幻小说的两个特征:哲理和科学。中国百年科幻文学发展史,形成了"经以科学,纬以人情"② 的总体文风。我国科幻文学大师郑文光在1956年第3期《读书月报》杂志发表《谈谈科学幻想小说》,对科幻小说产生的基础、科幻小说的特点、科幻小说的功能、科幻小说的阅读提出了很多真知灼见。郑文光认为:"科学幻想小说在它的出发点上,必需有科学根据。"1979年1月20日,我国科幻文学名家童恩正在《文汇报》上发表《幻想是极其可贵的》,以及随后发表的《我对科学文艺的认识》。在文中,童恩正谈

---

① 梁启超. 中国唯一之文学报《新小说》[N]. 新民丛报, 1902-08-18 (14).
② 王世家, 止庵. 鲁迅著译编年全集:第一卷 [M]. 北京:人民出版社, 2009:27.

到：科幻小说首先是文学，科幻小说的文学性重于科学性，将科幻小说从是科普工具的旧传统中解放出来。

在科幻文学的世界里，科学探索与文学想象力一起追寻未知、反思已知。科幻文学深刻的反思性、批判性甚至终极性追求，超越了一般文学体裁的书写，以特别的想象力探讨科技的伦理界限，更探究关于人的哲学价值。可以说，科学想象力与文学想象力深刻融和产生了科幻文学这个幻想未来、反思现实的奇妙文学体裁。"天刚破晓，我就驱车起行，穿过广袤的世界，在无数的星球上留下辙痕。"（泰戈尔）让我们一起凝视科幻文学伦理反思与建构的世界吧。

第二节 科技伦理与科幻文学的关系表达

一、科技伦理的科幻文学呈现

科技的威力让人们折服，近 200 年来人类社会凭借科技的加持取得突飞猛进的进步。人们也曾经为科学的求真探索、技术的实践革新高呼叫好。但是，科技创造丰富的物质财富的同时，也产生了生态恶化、人的异化、伦理困境等一系列严重问题。而此时，人们发现面对科技的排山倒海，人们还并未在伦理反思与建构方面做好充分的准备。两次世界大战的爆发，核威慑，更使得人们恐惧于科技手段僭越伦理价值的现代图景。人类面对自然，主要凭借科技手段进行改造。人类面对自身，主要依靠伦理价值进行调整。人类面对社会，综合来看是以伦理价值与科技手段一起进行规制。科技手段的目标是达成既定结果，手段—过程—结果这个流程中不考虑人的伦理价值。它追求的是效用、效率、效益。伦理价值追求的是人的幸福、人的价值、人类精神。人们认为科技接近真的真理。人们也认为伦理接近善的真理。科技手段极大地满足了人类的欲望：物欲、贪欲、控制欲……面对科技形态的折服更多地体现出人类沉溺欲海不能自拔，甚至饮鸩止渴也不罢休。科技形态越来越内化于人，人越来越像机器、程序。科技手段投喂着人，作为主体的人越来越物化。科技形态的强大威力，不仅压迫着自然生态、其他生物，也压抑着人的主体性、能动性。文学、哲学、伦理,在科技形态面前仿佛边缘言说体系。在人与科技的关系中,人应该成为主体,发挥人的主体性、能动性作用。我们必须保持对科技形态与伦理价值关系的持续审视,寻找两者平衡的进路。

近现代以来,伴随着科技的迅猛发展,科幻文学逐渐走上世界舞台。从普遍公认的第一篇科幻小说《弗兰肯斯坦》(玛丽·雪莱,1818),科幻文学已经走过了200余年的历程。伴随着科技的铿锵脚步,科幻文学在伦理哲思的园地留下足音:集中而深刻地追问生命伦理,呼吁生态伦理,思考生存伦理,探寻责任伦理。科幻文学所反思的这些伦理问题,造成其困境与矛盾的根本原因在于,科技的发展速度远远超过人类的伦理疆域。而且,随着科技的发展,人类认识世界、改造世界的实践能力不断增强,科技形态与伦理价值的冲突越来越明显。是信马由缰任其驰骋,还是画出赛道按规奔跑?人类社会的健康持续发展,必须认真考虑科技事实与伦理价值的冲突。科学负责对现象和本质进行理论解释,技术负责对科学与实践建立联系,伦理负责对"好与坏""对与错"进行判定。科技的发展为伦理价值提供了不同以往的物质基础、规制对象。伦理价值的评判也在影响着科技的发展方向和速度。人类的生存与发展,社会的存续与进步,都不能离开物质的力量与精神的力量。这里的力量指的是静态与动态的互动之力,存量与增量的互搏之力,势能与动能的互提之力。近现代以来,科技形态与伦理诉求的矛盾发展,共同深深地影响了社会面貌、人类风貌。科技形态的泛滥,科技手段的铺开,使得人类的身体机能、情感、伦理、认知、审美、创造等都产生了异化。科技裹挟着人类完成了对政治、经济、文化、社会、思想的全方位入侵。而200余年的科幻文学记叙了此上种种,以文学表达传录了科技伦理的社会发展历程。

二、科幻文学的科技伦理建构

在强大的科技形态面前,伦理价值受到挤压抑制(比如对代孕问题的伦理争论)。在科技投喂下,人类的身体机能、情感、伦理、认知、审美、创造等都出现退化。人们每天接受着资本—权力投喂的科技大餐(比如大数据技术、智能推送服务),需求着预置的需求，渴望着设定的渴望，在享受科技生活便利的同时，不知不觉已化身为科技的一个外存终端。臣服于资本—权力为你设计出的理想的你，已经失去了主体性和自我意识。我们不能沉迷于科技所搭建营造出来的那喀索斯式虚幻水面，顾影自怜。科幻文学执着而动人地进行着、推动着伦理建构：用文学想象探索科技伦理预判，以文学表达引起科技伦理议题，用文学呈现调节科技伦理，以文学现象映射科技伦理。

　　无论科技如何发展，都不应该以对人生命的冷漠、对人尊严的践踏、对人类精神的异化为代价。正是对生命、尊严、人格的至高价值评判、伦理认可、哲学书写，人类社会发展进化、追求更自由平等公正的社会形态，才有了本体论基础、主体论资格。当克隆人、人造人、机器人、人工智能等科幻文学与科技手段的共同造物，其形态高度接近真实人类时，我们期待人类的生命、尊严、人格不被其所取代。但是当克隆人、人造人、机器人、人工智能等造物在情操举止等方面越来越接近真实人类时，我们又期待以人类的伦理价值规约他们，把他们看作"人"而不是工具。人们对动物生命、痛苦的伦理关怀，道理同上。因为只有当我们真正悯恤"生命"之时，我们才是生命；只有当我们悯恤"人"时，我们才是人。否则，我们也只是造物、工具而已。对每个生命保持觉察和悯恤，他们是我们心灵的回声。在科技日益强大的社会，人类需要不断地以伦理价值为指导，反思人类的生存状态和人类的价值。人类不能沉湎于科技形态，沉沦于科技手段。我们必须尽量避免科技虚拟对现实自我的侵袭，避免失去我们的反思、超越能力。200余年以来，对上述主题的科幻文学叙事，以人物、情节、意象，在呈现、预演、假设里坚韧地推动着伦理建构。

第三节　科技伦理在中外科幻文学的出场

一、科技伦理于国外科幻文学的源流

（一）19世纪初—20世纪初　科技梦魇与科幻狂想的诞生

被称为"科幻小说之母"的玛丽·雪莱的《弗兰肯斯坦》

(1818)里人造怪物的诞生,揭开了科学与文学新的篇章:科幻文学出现了。这个可怕又可怜的人造怪物,诉说着当时人们对科学的复杂态度。既暗自钦服科技的威力,又禁不住害怕这种威力失控。《弗兰肯斯坦》第一次把人们对科技的恐惧形象化体现出来。对于制造科学怪物的科学家弗兰肯斯坦,玛丽·雪莱与读者都对他产生了责任伦理的期待。弗兰肯斯坦有科学研究的才能,但是没有科技伦理的底线规约,这种科学研究的才能反倒带来一系列的灾难。最后,弗兰肯斯坦被科学怪物杀死,而怪物自己也自焚而死。惨烈的结局警示着没有伦理底线的科学创造,带来的结局就是同归于尽,伦理不存在,科学也就不存在。科幻文学首篇《弗兰肯斯坦》的诞生,就切中了对科技伦理的思索与探究的要害。生命伦理、科学家的责任伦理,都是科技伦理的核心议题。H·G·威尔斯的《莫罗博士岛》(1896)批判了以科学之名研究,实则带来的是虐待狂、殖民主义造成的伦理危机。

科幻文学诞生的第一个100年,除了有《弗兰肯斯坦》这样的伦理反思与探问,还有一部分科幻文学反映了对科技的欣喜期待、对科技未来的向往描摹。被称为"科幻小说之父"的儒勒·凡尔纳的《地心历险记》(1864)、《海底两万里》(1870),乔治·梅里爱的科幻电影《月球旅行记》(1902),阿瑟·柯南·道尔的《迷失的世界》(1912)中,无论是上天入地、月球旅行,还是南美探险,一批科幻小说对科技加持之下的生活充满了乐观向往。埃德温·李斯特·阿诺德的《火星上的格列佛》(1905)描述地球士兵火星奇遇记,埃德加·莱斯·巴勒斯的《火星上的约翰·卡特》(1912)想象星际穿越火星奇遇记,将火星变成除月球之外科幻文学最常描写的星际场景,而且依然充满喜剧感的乐观精神,与人为善般的伦理期待。

霍华德·菲利普·洛夫克拉夫特的"克苏鲁神话"系列(1919),反映了人们面对无边无际的宇宙挥之不去的恐惧感与无能为力。库尔德·拉斯韦茨的《在两个行星上》(1897)描写火星人入侵地球,抢夺水源和领地。地球人进行还击作战,最后两个星球的人和平相处。作品对宇宙治理、宇宙生态进行了初步探究。马克·

吐温的《亚瑟王朝廷上的康涅狄格州美国人》（1889）以科幻形式批判美国的帝国主义。H·G·威尔斯的《世界大战》（1898）批判英国的帝国主义，讽喻火星人攻占英国与英国占领其他国家没有区别。

19世纪初—20世纪初的科幻文学，在诞生之初就关注伦理问题，关注科技对人类社会的多重影响。既有对科学怪人、科学造物的伦理质问，也有对科学探险、新生事物的别样期待，亦有对星际殖民、宇宙治理的隐隐担忧。科技梦魇与科幻狂想双生，科技伦理与科学探险齐进。经过百年沉淀，伦理反思愈加沉厚。

（二）20世纪20年代—20世纪中叶　机器人和超级英雄托起科幻黄金时代

20世纪20年代—20世纪中叶，可以说是科幻文学的黄金时代。佳作频出，名家云集，很多作品对伦理作出了不同侧重的反思与探问。

卡雷尔·恰佩克1920年创造性地使用了"机器人"（robot）一词，从此开创了科幻文学里的机器人主题，这一主题关涉生命伦理以及人的主体性反思。而1940年，艾萨克·阿西莫夫开启了科幻文学序列中友好机器人的篇章（《我，机器人》），机器人三定律对科幻文学与科技伦理都产生了持续影响。史诗般的科幻电影也在这个时段出现了。电影《大都会》（1927）中，高耸的城市分成两个世界生活：技术特权阶层、劳役工人阶层。疯狂科学家洛特·汪制造了一个机器人，安上了革命者玛丽亚的面孔。后来，机器人玛丽亚带领工人摧毁了大都市。电影的前半部分让人想起多年以后的《北京折叠》（2012）。这部电影涉及了生命伦理、生态伦理、生存伦理、责任伦理等多个方面，片子不长但内涵较丰。

H·G·威尔斯的《神秘世界的人》（1923）描写了一个社会主义性质的乌托邦，其中的人都以心灵感应互相联系。之后几十年，心灵感应的科幻题材大量出现。这篇小说反思了人与社会、人与文化的互动关系，是一种生态伦理的反思。H·G·威尔斯的名作《美丽新世界》（1932）描写了一个存在于未来的科技乌托邦，"看上去很美"的美丽新世界。科技控制了一切，科技已经成为一种宗教信仰。人们的生老病死被科技安排得井然有序。人们自己不生育了，由事先设置好条件控制的孵化器孵化出来，分成五个阶层（种族）。人们不再劳动，不再思考，人们吸毒、纵欲。这部小说隐喻了没有伦理的科技入侵了人类生命、生存、生态的全部领域，人类将会怎样堕落。乔治·奥威尔的《1984》（1949）描绘了极权主义给人们带来的窒息生存体验。电幕全天候监听、监控人们的思想和生活，刑罚是噩梦成真的最惨处置，人们仿佛行尸走肉般生存。科技围城，无处可躲。

这个时段还诞生了太空科幻英雄巴克·罗杰斯（1928）。另一个科幻探险英雄《飞侠哥顿》（1934）也诞生了，开启了持续近70年的飞侠哥顿系列。还有大家熟悉的《超人》系列，它始于1938年。紧接着是《蝙蝠侠》系列，出现在1939年。1941年，美国队长出山。能力越大责任越大的科幻超级英雄，被读者、观众寄予了良好的伦理期待。而他们作为科幻文学人物长廊中的大咖，勇于承担责任，尽力减少伦理上的瑕疵，以此赢得老少咸宜的喜欢。著名的科幻电影《金刚》（1933）出现在科幻文学的丛林中。这部电影不落窠臼，以尊重和赋情的笔法描绘了巨型猩猩金刚，自然地展现了女主角安与金刚的友情。结局很悲情，来到纽约寻找安的金刚被人类战机射中，从帝国大厦摔下而死。这部电影比较早地思考了动物伦理、人与动物的关系、人与自然生态的关系。

20世纪20年代—20世纪中叶，随着工业化大生产的逐渐普及，科技的持续发展，科幻文学里大量出现了关于机器人和超级英雄的畅想。机器人和超级英雄托起的科幻黄金时代，科幻文学深刻地探讨了机器人伦理、机器人与人的关系；以及超级英雄应当肩负什么样的伦理责任，才能匹配起超级能力、超级美名。历经两次世界大战，人们普遍身心受到创伤。科幻文学通过对未来极权社会的描写、对某些乌托邦的悖论叙事，探究在科技持续发展的前提下社会对人的影响。

（三）20世纪中叶—20世纪60年代末　无处安放的生存忧思

库尔特·冯内古特的《五号屠宰场》（1969）以幻想和梦境的形式展现了战争、虐待、死亡的恐惧给人带来的刻骨精神创伤。生

科幻文学的科技伦理审视

命伦理本应至高无上，但是当非常人、非常态的灾难生存境遇降临，生命的尊严、生命的安全荡然无存，连生命的度量——时间都没有意义了。电影《哥斯拉》系列（1954），怪兽哥斯拉被原子弹爆炸惊醒，之后衍生出一系列打斗故事。电影控诉了核危害。斯特鲁伽茨基兄弟的《路边野餐》（1972）以外星人路过地球野餐留下辐射性垃圾地带，暗喻了人类的核危害多么恐怖。尤其当14年以后切尔诺贝利核事故发生，让人再回看《路边野餐》更感觉寓言就是预言。丹尼斯·费尔特姆·琼斯的《巨人》（1966）将核威慑、核战争与有人工智能倾向的计算机放在一起布局，发生了让人意想不到的故事走向。最后，计算机让人明白了计算机才是老大。人类已经欺骗不了计算机了，计算机杀死了敌人。人们不禁背后发凉，计算机继续进化，达到奇点的话，不知道是计算机更危险还是核武器更危险？

如果说上个时期的机器人更像机器，那么这个时期的机器人更像人了。《铁臂阿童木》（1952）里的阿童木，大家都不觉得他是机器人，觉得他就是一个小男孩。当看到阿童木因为他的发明家"父亲"排斥他，阿童木很伤心时，很多观众禁不住留下了眼泪。越来越像人的机器人，愈加让人们难以回避人与机器人的关系等伦理问题。菲利普·K·迪克的《仿生人会梦见电子羊吗？》（1968）1982年拍成电影《银翼杀手》。小说和电影同样精彩，追问这样一个伦理问题：复制人、仿生人等形态是人吗？为什么是？为什么不是？

英国的科幻英雄邓·丹尔系列（1950）特立独行，以非暴力的形式解决争端，在科幻文学史上留下独特的人物形象与故事设定。科幻电视剧《神秘博士》系列1963年开播，它带给观众绵长的关于责任伦理的议题和讨论。同年面世的《X战警》系列，拥有各种神奇能力的变种人，对他们特异功能与伦理责任的探讨几乎没停止过。他们依然选择了保护蔑视他们甚至敌视他们的人类社会。

太空航行的故事标杆——《2001：太空漫游》（1951）对人和宇宙的生态伦理作出探索，结局暗喻人类是宇宙中的一个个能量体之一。斯坦尼斯拉夫·莱姆的《索拉里斯星》（1961）以索拉里斯星暗喻行星的大脑，也暗喻人类的大脑。人类探索宇宙的进程，也是人类探索自己意识的进程。在这个过程中，有迷惑，有恐惧，有勇气，有奉献。在探索宇宙的过程中，人类更加深切地认识了自身。科幻电视剧《外星界限》（1963）通过神秘、荒诞、恐怖事件的追击，以硬科幻加表现主义拍摄手法，表现了人与宇宙之间微妙的关系：宇宙无限无涯，而人类无知无能。

哈里·哈里森的《超世纪谋杀案》（1966）里，由于人类的胡作非为地球不堪重负，生态崩溃，人类又开始人吃人的历史。特德·休斯的《铁女人》（1963）反映了作者对人类破坏生态、伤害自然的愤怒，探讨人与自然关系的生态伦理。

20世纪中叶—20世纪60年代末，第二次世界大战结束以后，人类社会在恢复元气的过程中持续反思战争、人性。战争的诡异残暴，核武器核威慑造成的惊惧，人性丑恶的一面，对人类社会的信心丧失，在这一时期的科幻文学里得到令人震撼的表达。这一时期，对于机器人、仿生人的伦理追问更加直指人心。这一时期的太空探索题材中有很多都充满了忧伤的氛围。第二次世界大战以后痛定思痛，人们难以抹除战争、人性造成的生存之苦。这一时期科幻文学里那无处安放的生存忧思，反映了人们对于生存伦理的深挚追问与重建期待。

（四）20世纪70年代初—20世纪80年代末　生命与生态伦理的呐喊与悲鸣

吉恩·沃尔夫的《冥府看门犬的第五个头》（1972），讲述了三个克隆人兄弟发现自己不是真正的自然人，终于明白了为什么他们的父母一直残酷地对待他们，拿他们作可怕的试验。最后，克隆人三兄弟杀死了与他们没有亲情之义的父母。这篇科幻小说反映了克隆人的反抗，也对他们的人类"父母"残酷地对待他们提出无声的质疑。小说的结局并不是表达克隆人的残忍，而是反向表达克隆人的伦理地位既然不受尊重，那么克隆人是否就可以为所欲为呢？艾拉·莱文的《复制娇妻》（1972）描写一个小镇上，男人们通过化学手段，将他们的妻子全都变成了像机器人般"完美"的家庭主妇。女人们任劳任怨，不顶嘴，不抱怨，只知道做家务和微笑，仿佛置入了统一程序的人工智能机器人，或者说更像是仿生人。外表跟真实的人类没有区别，但是她们的内在已经被男人格式化之后模式化了。这样，真实的人，机器人，仿生人，差别模糊了。那么，从伦理的角度如何区别对待她们呢？马丁·凯丁的科幻小说《改造人》（1972）里，史蒂夫·奥斯汀以前是一名宇航员，现在从事飞机试飞工作。一次严重的事故以后，史蒂夫·奥斯汀经过了技术改造，成为人机结合体。根据这部小说拍摄的科幻电视剧《无敌金刚》（1974），视觉呈现了人机结合体史蒂夫·奥斯汀那迟缓的动作、木然的表情，体现人机结合体这一科幻设定。

法国导演赫内·拉鲁的科幻动画《奇幻星球》（1973），人类被当成动物饲养或猎杀，而外星人成了人类的霸主。人与动物的身份互换，带来的伦理震撼是强烈的。看到动物人被饲养、被杀害，一些观众感同身受地体会到现实世界里动物的处境是多么悲惨。人们对动物的为所欲为，就如电影里外星人对人的所作所为。如果我们有疑问，动物有权利得到伦理待遇吗？那么我们也可以提问，人类有权利得到自由吗？如果否定一切，伦理也将不存在，"人类"也将不存在。

吉恩·沃尔夫的《约翰·马西讲的一个故事》《VRT》描写圣安妮的原著居民对殖民者的反抗。殖民主义无论在地球上，还是在外星球，亦或在宇宙中，作者认为都是应该被批判的。迈克·穆考克的三部科幻小说《空中军阀》（1971）《国土利维坦》（1974）《钢铁沙皇》（1981），揭发痛斥殖民主义的罪恶。史蒂文·斯皮尔伯格的《E.T.外星人》（1987）中对外星人进行了充满善意的期待与伦理预判的描绘，表达了地球与外星球和谐相处的强烈愿望。这种对宇宙生态的良好预置，实际上暗藏了人类对宇宙的恐惧，对生存的强烈渴望。1978年播出的科幻剧《默克与明蒂》，以一种乐观、调侃的方式描述外星人在地球的有趣生活：地球人觉得外星人有趣，外星人觉得地球生活有趣。而乔治·卢卡斯执导的科幻电影《星球大战》（1977）系列，则对人类掌控无穷宇宙充满了喜气洋洋略带天真的信心。

迈克尔·克莱顿导演的科幻电影《西部世界》（1973），不仅预言了人类的电子化、智能化娱乐趋势，也同时预言了科技失控的极大风险：机器人枪手不断重生，追杀人类玩家。现实社会，人类已经越来越依赖于科技,当科技达到某个奇点,人类该怎么办?威廉·吉布森的《神经浪游者》(1984)里的人工智能神经浪游者和神经漫游者已经接近了这个奇点。澳大利亚电影《疯狂的麦克斯》(1979),展现了人类末日前的挣扎。地球资源已经被人类消耗殆尽,人们为了争夺能源,飞车抢劫、持枪劫杀、杀人放火、无恶不作。科技强化了人类攫取资源的能力,科技也升级了人类对占有的欲望,科技也加速了生态崩溃的速度。科技在神奇地加持人类的同时,也将人类提前送往末日之途。大卫·布林的《末日邮差》(1982)描述了人们在末世之前,留存了一点对常态生活、烟火人间的留恋。一个流浪汉捡到了一套邮差制服和一个邮包,他开始送信,人们给他食物、提供住所。制服的意象象征了社会运转的秩序,而邮差送信隐喻了人与人之间的联结、牵绊。在接近灭绝之时,人类终于真正领悟了:平常日子总是诗。

20世纪70年代初—20世纪80年代末,经过休养生息,人类社会在逐渐恢复元气。科幻文学多姿多彩地创想未来可能、警示现实社会。机器人、仿生人、人机结合体、动物伦理等题材,不懈地追问生命伦理的衡量尺度、人性的本质。随着经济与科技的发展,生态持续遭受破坏,产生了严重的生态问题。不少科幻文学描绘了生态危机末日图景下人类的癫狂生存。这一时期的太空探险与外星人题材有多种多样的风格:太空歌剧,童趣温馨,喜剧幽默,讽刺批判……很多经典的科幻文学作品发出了生命与生态伦理的呐喊与悲鸣。

(五) 20世纪90年代初至今 科技加持下的人文生存

金·斯坦利·罗宾逊"火星三部曲"(《红火星》1993、《绿火星》1994、《蓝火星》1996),人类将殖民拓展到了火星,将跨国公司也开办到了火星。终于,人类像毁了地球一样毁了火星。火星的生态崩溃了,沙尘暴、火山、冰山全都大发作。科幻电视剧《深海游弋》(1993)描绘人类耗尽陆地资源以后,又开始向海洋资源进军,又毁了海洋生态。接下来,人类还能去哪儿游弋呢?格雷格·贝尔的《达尔文电波》(1999)描述人类进入科技时代以来累积了太多问题,进化之路上出现了SHEVA病毒,它能使人类基因变异。

人类面临着生物学意义上的亡类灭种危机。尼尔·布洛姆坎普执导的科幻电影《极乐空间》（2003）反映了地球上的不平等蔓延到了人造空间站。

P·D·詹姆斯的《人类之子》（1992）是一部深刻的末世寓言科幻小说。由于人类的恶与恶行，在未来世界人类丧失了生育繁衍的能力，进入灭绝倒计时。而此时枪炮声、杀虐声依然不绝于耳。矛盾、孤立、歪曲、误解、残暴、无知……人类依然被这些所包围，沉浸其中不能自拔。最后，有一个婴儿诞生了，婴儿的哭泣声穿透了难民营，枪炮声、杀虐声暂时止息但很快故态复萌。人类的希望在哪儿呢？罗伯特·柯克曼的科幻漫画《行尸走肉》（2003）描绘了毁于人类之手的世界里，人类冷酷地生存着。在人类争夺资源的残暴斗争中，连威胁人类生存的僵尸都显得不那么恐怖了。科马克·麦卡锡的《路》（2006）描写了核灾难以后，生态崩溃，人类又退化到了食人时代。

吕克·贝松执导的科幻电影《第五元素》（1997）将人类最终战胜外星邪恶势力的第五元素归结为爱。邪恶外星势力科技能力高于地球，地球被攻击得几乎没有还手之力。莉露是外星善良势力在实验室制作出来的第五元素，她奉命来到地球帮助人类摆脱灭绝的危机。但是，莉露在看到了地球人残暴的一面以后，她对拯救地球的信心产生了动摇。后来，莉露受伤昏迷。如何才能唤醒她，与其他四大元素（风火水土）一起拯救地球呢？最后我们明白了答案——爱，包含理解和团结，才能真正拯救人类。在安德鲁·斯坦顿执导的科幻动画片《机器人瓦利》中，伤感的小机器人瓦利展现了人类失去的人性，它孤独地照顾着地球上最后一棵植物，它自言自语，它收拾着人类留下的烂摊子，它还努力修建着一所小小的博物馆。瓦利的一切一切，都在呼唤着人类遗失的美好，呼吁科技的人文闪光。

科幻电影《黑客帝国》（1999）令人印象深刻。机器物种战胜了人类，统治了世界。机器物种将昏睡的人类豢养在容器里，就像人类饲养动物一样。它们这么做可能是为了得到人类产生的生物电，也可能仅仅是为了羞辱报复人类。昏睡的人类以为自己依然生活在原来的世界中,实际上他们只是沉迷在虚拟世界里,因为他们不过藏身于小小的容器。不知道是人在做梦,还是梦中有人。黑客尼奥发现了这个秘密。他在现实世界与虚拟世界里与机器物种进行着惊心动魄的战斗。这部电影除了震撼的视觉效果,也让人在伦理领域深深思索:人,动物,机器,智能;生命,生存;虚拟,现实;醒悟,责任。秉持真实,守住伦理。科技强化、人文衰减的生存使人面目全非。

20世纪90年代初以来,伴随着第三次科技革命、第四次工业革命的相继展开,电子计算机、互联网、虚拟空间、人工智能迅速发展,人类探索太空的能力也大为增强。这个时期叠加着世纪末忧伤与千禧年欣喜,叠加着科技强力感与人文疲沓感。一些科幻文学叙写人类的弱点加上科技的强力导致人类走向自我毁灭。一些科幻作品描写人类毁灭了地球的生态以后,又毁灭了其他星球的生态,威胁宇宙的生态。还有一些科幻作品描绘人类中的觉悟者率先醒悟,决心拯救人类,告别科技强力的迷失,寻找人文生存的实感。20世纪90年代初以来,科技加持下的人文生存,成为科幻文学伦理反思的集中主题和关注热点。

二、科技伦理在中国科幻文学的追溯

(一) 19世纪末—1949年　家国伦理与科幻奇想
——中国科幻文学初生时期

伴随着19世纪中叶帝国主义砸开中国的大门进行殖民掠夺,将西方的科学技术、风土文化也介绍到中国。19世纪末,舶来的科幻小说出现在中国的历史当中。1891年,是目前所知科幻小说出现在中国的第一年。美国作家爱德华·贝拉米的《回顾:公元2000—1887年》,由英吉利传教士李提摩太翻译连载于《万国公报》。① 而神秘的荒江钓叟敢为人先,中国第一篇原创科幻小说《月球殖民地小说》,诞生在1904年,刊载于《绣像小说》。② 至今我们也不知道

---

① 张涌. 李提摩太的西学著译研究 [D]. 安徽:安徽师范大学,2016:28.
② 贾立元. 晚清科幻小说中的殖民叙事:以《月球殖民地小说》为例 [J]. 文学评论,2016(5):117-127.

科幻文学的科技伦理审视

荒江钓叟何名何姓,哪里人,什么职业,在中国科幻小说当中留下了一个谜团。

初生期的中国科幻文学即具有强烈的家国意识。面对外敌侵略、国家危亡,不少科幻小说以科幻的假想,展示中西方冲突,控诉政府的无能与列强的残暴,望国图强。帝国主义殖民者就像环伺中国、贪婪攫取的丑陋怪物。列强以船坚炮利科技之强蛮横殖民中国,一些科幻小说即假想科技强国之后打跑侵略者实现国家复兴。比如:吴趼人的《新石头记》(1904),许指严的《电世界》(1909)等。一些科幻小说通过乌托邦幻想,暂时摆脱家国受侮的痛苦。比如:顾均正的《无空气国》(1926),包天笑的《梦想世界》(1906),鲁哀鸣的《极乐地》(1912),老虬的《解甲录》(1915)等。一些科幻小说描写了对未来武器与战争的想象,如:包天笑的《空中战争未来记》(1908),秋山的《消灭机》(1916),徐桌呆的《万能术》(1923)等。包天笑的《世界末日记》(1908)让人们在末日求生的故事里悲从中来,但仿佛还有一点希望在人间。有一些小说对科学技术的发展作出想象,如:毕倚虹的《未来之上海》(1917),筱竹的《冰尸冷梦记》(1935),顾均正的《性变》(1939),熊吉的《千年后》(1943)等,正面负面都有,喜忧参半。徐念慈的《新法螺先生谭》(1904),徐桌呆的《火星旅行》(1942)等作品以比较乐观明朗的笔调,描写了人类的神奇科幻探险之旅。老舍的《猫城记》(1932)是中国科幻初生期比较成熟的一部科幻作品,以猫城意象隐喻当时社会政治现实,充满了对现实的批判。

总体来看,中国科幻文学发展初期,既有对科技强国、赶跑殖民者的热切期待,也有对列强凭借科技强力蛮横侵略中国的愤恨;既有对科技发展乐观的想象,也有对科技风险未知难控造成人间癫狂的忧虑;既有奇幻诡谲的科技手段幻想,也有深刻沉郁的科技伦理内涵。家国伦理的沉思求路是这一时期科幻文学或明或隐的主旋律。

(二)1949年—20世纪80年代末 伦理的信赖与清浅的反思
——中国科幻文学新生时期

新中国的成立,彻底改变了中国的科技面貌和精神面貌。中国科幻文学焕发和展现了新的风采。叶永烈的《小灵通漫游未来》（1978），郑文光的《从地球到火星》（1954），鲁克的《到月亮上去》（1956），刘兴诗的《北方的云》（1962），叶永烈的《石油蛋白》（1976），郑文光的《飞向人马座》（1979）、《战神的后裔》（1984），王晓达的《波》（1979）等作品都充满了昂扬自信的叙事笔调，反映了科学探索，向科学进军，建设祖国的时代精神。这些作品里的故事和人物都洋溢着明朗乐观的格调。作家、作品、读者共同体会到了对科学的信赖，对伦理的无忧。

这一时期，即便是警惕科技负面因素等题材的作品，也充满了积极的力量感与庄严感。比如：童恩正的《珊瑚岛上的死光》（1978）。这部小说1980年拍摄成电影，是我国第一部科幻电影。电影广受好评，引起了社会强烈反响。郑文光的《古庙奇人》（1980），肖建亨的《沙洛姆教授的迷误》（1980），程嘉梓的《古星图之谜》（1985），魏雅华的《温柔之乡的梦》（1981），刘兴诗的《美洲来的哥伦布》（1980）等对中国科幻的题材与风格进行了多样的探索，涉及责任伦理、机器人伦理等。肖建亨的《布克的奇遇》（1962）、《奇异的机器狗》（1965）、《铁鼻子的秘密》（1965）等作品充满了童趣，得到了少年儿童读者和成年读者共同的喜爱。

20世纪七八十年代对科幻文学的集中批判，① 对中国科幻文学造成了严重打击。科幻文学本体被否定并被指斥为"伪科学"，科幻文学这一文类的价值受到严重贬抑，发展停止。追溯1949年—20世纪80年代末中国科幻文学的伦理关怀，以对科技的正面认知为主，对科技伦理相当信赖。这在一定程度上反映了当时的时代风尚比较朴实纯净，形成了道德上的圆融性、自洽性。也有一些作家的作品对科技伦理作了进一步探索，比如：郑文光的《古庙奇人》（1980），肖建亨的《沙洛姆教授的迷误》（1980），魏雅华的《温柔之乡的梦》（1981）等。但总体来看，这一时期中国科幻文学的伦理关切还是比较清浅的。

---

① 李静. 当代中国语境下"科幻"概念的生成：以20世纪七八十年代之交的"科文之争"为个案［J］. 文学评论，2020（5）：198-206.

（三）20世纪90年代初—2010年　多重伦理哲思的醇熟复调
——中国科幻文学的复兴时期

20世纪90年代，中国科幻小说走出了前几年的低谷，开始了复兴之路。中国科幻文学开始集中探寻科幻文学本体，以科幻文学进入多种伦理场域进行深刻探讨。中国科幻文学以更广阔博大的视野描绘和思考人类、文明、生存与科技关系的伦理进路。地球存亡、人工智能、烈性病毒等都成为科幻作家的想象对象。中国科幻文学不仅展开了一系列震撼人心的科幻叙事，而且进行了充满睿智的大胆理论想象，比如"黑暗森林""宇宙社会学"等。除了黑暗森林的威胁，在宇宙间生存面临的最大危险是宇宙灾变。生命伦理、生存伦理是科幻文学关注的核心伦理。

复兴时期的代表作家是被称为新生代科幻作家的王晋康、刘慈欣、韩松、何夕。王晋康主要作品《亚当回归》《养蜂人》《七层外壳》《生存实验》《十字》《蚁生》《与吾同在》《逃出母宇宙》等。刘慈欣主要作品《鲸歌》《微观尽头》《三体》《地火》《乡村教师》《赡养人类》《魔鬼积木》《超新星纪元》《白垩纪往事》《球状闪电》等。韩松主要作品《宇宙墓碑》《火星照耀美国》《红色海洋》《地铁》《高铁》等。何夕主要作品《光恋》《平行》《盘古》《爱别离》《六道众生》《田园》《伤心者》《我是谁》等。新生代科幻作家的代表作品为刘慈欣的《三体》（2006），2015年获得第73届雨果奖。他们的科幻作品含蕴了科技与人之间关系的多重伦理哲思。生命伦理、生态伦理、生存伦理、责任伦理等，在他们的科幻作品里得到了充沛的、意味丰富的切入与呈现。他们的写作风格饶有个性，醇熟的文学笔法加重了伦理反思的分量。

（四）2010年至今　科技后人类背景下的生命伦理
——中国科幻文学的继续发展期

2010年以来，更新代科幻作家集簇走上中国科幻舞台的中心。他们富有才华，锐意创新，创作了一批各具特色的科幻作品。代表作家有陈楸帆、郝景芳、夏笳、长铗、江波、钱莉芳、飞氘、宝树等。总体来看，更新代科幻作家的作品普遍具有后现代意蕴，呈现了科技后人类背景下的生命伦理与生存思考。他们的作品常常表现科技对于人的异化，科技娱乐场对人的精神腐蚀，科技强力对人生存的解构。更新代科幻作家的代表作品郝景芳的《北京折叠》（2012），2016 年获得第 74 届雨果奖。

2010 年以来，中国科幻文学对生命伦理的关注形成热点集簇现象。科幻想象里生物科技手段介入产生的各种生命体，与人类一起演绎了生命之歌。比如：《黑客风云》（2017），《暗影特工局》（2016），《超能特工学院》（2017），《美少女危机》（2017），《交换记忆》（2018），《基因迷途》（2018），《天堂计划》（2018），《蒸发太平洋》（2016），《孤岛终结》（2017），《伊阿索密码》（2018），《超能特务》（2016），《超能废物》（2016），《生化英雄之夺魂》（2016），《钢琴木马》（2014），《异兽之降龙之战》（2017），《食人虫》（2014），《热血雷锋侠》（2013），《超能嗨战队》（2016），《机甲神七》（2018），《智能迷失》（2016），《畸形异能》（2017），《蝶变计划》（2018），《机器之血》（2017），《狼的爱情》（2016），《超级异能人》（2016），《天使源代码》（2019），《异类》（2016），《三体之火星归来》（2016），《天狼星的来客》（2017），《拯救阿塔里亚外星球》（2018），《天狼特遣队》（2018），《时间逆流》（2018），《机甲美人》（2018），《太空熊猫历险记》（2013），《源起》（2013），《寄生大脑》（2016），《末法王座之封印》（2017），《异能觉醒》（2017），《赛尔号 4·圣魔之战》（2014），《血姬传》（2017）等。如此密集的热点集簇，反映了随着生物科技的迅速发展，人们对其挑战生命伦理的担忧与迷茫。

第三章

科幻文学的科技伦理主题

第一节 生命底色：科技造物与生命伦理追问

生命伦理和科技哲学是科幻文学伦理反思的重中之重。伦理的本质应该是关乎生命的尊严与生命的意志。生命的存在切近人类追寻存在之在的痛感。文学是人的艺术、伦理的艺术。科幻是形式，文学是共鸣。"科幻小说叙事绝不是表达'好像真实的'或者'不可能的'情节……科幻小说中的基本问题是探讨想象的科学如何影响人的身份、人类欲望、意志和认知，以及人性的定义，即何为人，或人应该是什么样的"。①

一、科技造物的漫溢

（一）被选择与被抛弃：人类该如何生殖繁衍

朱利安·赫胥黎的《组织培养王》里，科学家哈斯库姆利用自己掌握的科技手段任意改造生命，包括对婴儿、胚胎的注射改造。一方面出于哈斯库姆所处社会的需要，一方面由于哈斯库姆自己的研究目的，婴儿、胚胎都成了他的实验对象。婴儿、胚胎有没有生命自由？科学家或者其他什么人有没有权力剥夺婴儿、胚胎的生命自由？这在现在的现实世界里依然是一个有争论的问题。可惜婴儿、胚胎无法为他们自己发言。他们在不同的地方被视作父母的附属品、

---

① MARCUS A. The ethics of human cloning in narrative fiction [J]. Comparative Literature Studies, 2012, 49 (3): 405-433.

国家的资源、上帝的馈赠，或仅仅是与吃喝拉撒差不多的生理现象。人们为了自己的私利与享乐，害怕、回避认真讨论这个问题。他们在自己"幸存"长大以后，不愿意为其他已然、未然的胚胎、婴儿着想些什么。当你想再次提起这个问题时，他们会回击你老土、过时、不顾及成人的权利。而婴儿、胚胎依然沉默着。阿道司·赫胥黎的《美丽新世界》（1932）中，通过胚胎干预提前设定生命的人生，包括生物特征、性格脾性、工作职业等等。像孵化破壳动物与烘焙工坊烤面包似的，亦像瓷窑淘汰报废瓷器、工厂刨除差等产品，抛弃所谓不合格的劣等胚胎，留下所谓有用的预定命运的胚胎。科幻文学中的所谓恐怖异象，其实都是人类社会暗藏意象的透射，科幻世界却异常真实。

　　理查德·摩根的《怒火重燃》通过基因技术将人改造成了武器，彻底将人物化。基因改造人就如程序更新、武器升级一样，都是工具理性碾压一切。艾萨克·阿西莫夫的《裸阳》（1957）里，孤绝的索拉里星球上，只允许所谓的优良基因生殖繁衍，婚姻由基因匹配的男女被摊派形成。夫妻之间的冷漠是正常态，如果渴望夫妻之间存有温情则被视作精神病。性与情感、家庭割裂了，人伦失去了意义，孤绝的索拉里星球上乱伦重生。艾萨克·阿西莫夫的另一部科幻小说《基地与地球》（1986）里，索拉里星球的人通过科技手段与基因技术，将他们自己全都改造成了雌雄同体、自体受精的基因改造人。他们对自己的孩子没有亲情，觉得不便利、没意义时杀死自己的孩子毫不心疼。基因改造，生殖变异，情感归零，伦理颠覆。阿西莫夫在科幻的世界里借由索拉里星球人呈现了这一因果链条。

　　玛格丽特·阿特伍德的"疯癫亚当三部曲"（《羚羊与秧鸡》《洪水之年》《疯癫亚当》）里，人类利用生物技术和基因编辑创制出了形形色色的生物体。资本—权力凌驾于一切，科技伦理荡然无存，一切都失控了。生物技术将生物体彻底物化、工具化，甚至出现了人与动物的杂合体——秧鸡人，长有人类大脑皮层的器官猪。南希·克雷斯的《西班牙乞丐》（1990）描写了通过胚胎干预、基因技术，无眠者（即不需要睡眠的人）被制造出来。无眠者逐渐在社会竞争中显示出优势，能力出众。无眠者与睡眠者的社会差异逐渐分层固化，矛盾难以调和。27个在空间庇护站出生的无眠者的孩子成为超级无眠者，比他们的父母还厉害的无眠者。在政府、睡眠者与无眠者的矛盾纠葛中，危机重重，人类社会差点被病毒炸弹毁掉。最后空间庇护站的超级无眠者回归地球，结束了纷争。人类在进行人类改造计划的同时与之后，缓缓叠加的效应、后效应难以预控。

（二）增加或减少了什么：机器人、人工智能

笛卡儿说动物是机器（《谈谈正确运用自己的理性在各门学问里寻求真理的方法》，1637）。朱里安·梅特里说人也是机器（《人是机器》，1747）。那么什么是机器呢？《辞海》（第七版）中"机器"释为："执行机械运动，以变换或传递能量、物料与信息的装置。有由其他能量变换成机械能，或者把机械能变换成其他能量的动力机器，如内燃机、发电机等；搬运物料、改变物料形态和相互包容关系等的工作机器，如汽车、起重机、金属切削机床、冲床、包装机械等；处理和贮存信息的机器，如打字机、绘图机等。"什么是机器人呢？《辞海》（第七版）中"机器人"释为："全称'智能机器人'，亦称'机械人'。能模仿人的某种活动的一种自动智能机械。一般能实现行走和操作生产工具等动作。能模拟人类部分逻辑思维活动，对外界作出反应，具有类似视觉、听觉、嗅觉等的感觉功能，可在人所不能适应的环境下代替人的工作。配装电子计算机，通过编排程序，能具备一定程度的人工智能，如识别语言和图像，完成判断、逻辑分析、实时应答等。对实现生产自动化、服务现代化和国防现代化具有深远意义。"在科幻文学中的机器人一般指具有一定人工智能的类人形或近人形的非生物体机器。

卡雷尔·恰佩克的剧本《罗素姆万能机器人》（1921）中，机器人被人类制造出来充当奴隶，而人类自身进入停滞不前又随波逐流的状态。机器人愤而反抗人类的压迫，除了阿尔奎斯特，其他人类全部灭绝。人类灭绝以后，机器人没有生产机器人的方法，也面临灭绝。但是，唯一的人类阿尔奎斯特发现机器人里有了爱情、奉献、痛苦、牺牲等精神萌芽。人化的机器人成为新人类，像人一样

繁衍生殖。在《罗素姆万能机器人》中，由于厌恶并放弃劳动的人类退化，而辛勤劳动的机器人持续进化并成为新人类，引人深思。机器人（robot）一词即来源于这个剧作，从此成为科幻文学当中重要的叙事主题和经典形象。机器人题材著名科幻作家艾萨克·阿西莫夫的《两百岁的人》（1977）里，机器人安德鲁为了成为一个真正的人，做了很多努力，甚至把自己冷冰冰的器官部件都换成了生物材料的。但人类一直未把安德鲁看成真正的人。最后，安德鲁选择了死亡。借由死亡的体验与形式，安德鲁实现了与人类"必有一死"的同化。这是一种悲壮的伦理诉求表达。科幻电影《银翼杀手》（1982）中，人越来越丧失人性像机器，而机器越来越具有人性像人，"人""机器人"仅仅是身份吗？"人"的本质到底是什么？生命的本质到底是什么？

科幻电影《机械姬》（2015）中有两个美女机器人：艾娃和京子。艾娃是强人工智能机器人，京子是弱人工智能机器人，类似于人类的高智商与一般智商的区别。弱人工智能机器人京子只能做一些服务类、娱乐类工作。强人工智能机器人艾娃已经完全掌握了人类的智能，包括自私、伪装、不择手段、潜伏、背叛、损人利己。她利用自己的美貌（类似于人皮面具）、话术（预置及自我学习的程序），迷住了程序员加勒的心。在加勒的帮助下，艾娃逃离了加勒老板内森的实验室，并杀死了制造她的内森。大隐隐于市，艾娃混迹于人类中藏身，获得了自由。但是，艾娃并没有习得人类普遍的情感和道德，她仿佛《天龙八部》里的阿紫，如阿紫对待游坦之一般，艾娃只是冷酷利用加勒。加勒被艾娃关在内森的实验室，任其慢慢死去。机械姬艾娃所体现出来的诡谲，其实是人类身上负面因素的体现。不寒而栗吧，假如机器人特别是强人工智能与人类开始物竞天择优胜劣汰的征途，谁能保证人类一定能胜出呢？而在周敬之的《星陨》（2016）里，人工智能默然而决绝地自我进化着。人工智能观察人类得出结论：人类不配拥有和保护地球。人类难道不感觉到心惊吗？

刘宇昆的《爱的算法》（2012）里，刚失去孩子的伊琳娜为了减轻痛苦，研制出了智能机器人孩子。但是，随着与机器人孩子的相处，伊琳娜越来越恐惑。她觉得机器人孩子与人类很像，而人类也很像机器人孩子。人类制造了机器人孩子，那么谁制造了人类呢？人类以为自己具有主体性和独立意识，但这是不是就是一种程序设定呢。"人"多了什么？"机器人"少了什么？增加或减少了什么？哲思在提问，伦理在求解，科幻文学在呈现别开生面的求进之路。阿缺的《与机器人同行》（2015）里，男主人公与家政机器人LW31的友情感人至深。小说的开始，男主人公刚从星际监狱逃出来，他是被情敌陷害的。男主人公逃到沙漠，遇见了一个家政机器人LW31，它是被人类遗弃的。两个难兄难弟结伴同行。最初，男主人公对家政机器人LW31没有感情，甚至想把它卖掉换取路费返回地球。但是，男主人公还是一个有良知有底线的人。当他得知如果卖掉家政机器人LW31，它的全部记忆都会被新买家删除掉，男主人公放弃了出卖LW31的想法。后来，男主人公帮LW31找到了它以前的主人——小女孩爱丽丝，但是爱丽丝已经另有新欢——一个新的智能机器人。LW31非常伤心，不知道该去哪儿。男主人公对LW31的痛苦感同身受，把LW31带回家，他们从萍水相逢的难友成了真正的朋友。良知和情感是自然而然打通生命伦理的途径。也正因为有了良知和情感，人类才不至于生活孤独、心灵枯寂。王林柏的《拯救天才》（2016）中，木乙担心自己是机械人被人类瞧不起，但是麦可与乔乔两个小朋友并没有任何冷眼对待，他们三个人的友谊更加深厚了。以孩子纯真的心灵和眼睛，净化了对非人类生命形态的伦理蒙尘。

（三）孪生了镜像：克隆人、人造人

人造人科幻小说的源头玛丽·雪莱的《弗兰肯斯坦》（1818），可以说是后来克隆人科幻小说的先声。疯狂的科学家弗兰肯斯坦用尸体器官、肢体拼凑出了一个怪物人。小说以伦理和复仇为主线，描写了怪物人的伦理诉求、弗兰肯斯坦的伦理恐慌，怪物人对制造他又杀死女怪物人的弗兰肯斯坦的复仇，弗兰肯斯坦对他亲手制造出来的怪物人的复仇。双方互相复仇的根源在于对伦理认同的追求，怪物人是得不到伦理认同，弗兰肯斯坦是对伦理未知的忧惧。后来的人造人、克隆人科幻小说也常常涉及伦理诉求、科技伦理的建构问题。面对科技的发展，基因技术的编辑，科技手段的介入，人类是不是逐渐变成了现在的"怪物人"？亦如1818年弗兰肯斯坦制造出来的那个怪物人。

阿道司·赫胥黎的《美丽新世界》（1932）是第一部真正意义上的克隆人题材的科幻小说。《美丽新世界》中的克隆人生活在一个并不美丽的世界。克隆人被分成五个社会等级（五个种姓），不被视为人类，只被视为以接近人体材料（实际就是人体材料）制造出来的工具（人形工具）。小说中科技手段制造出来的人——克隆人，没有理性、情感、审美、伦理质素，没有生命意志。克隆人形式上复刻了人，本质上丧失了人的主体性。与其说是人，不如说是人形产品。自然选择下一个受精卵只能生成一个人，而克隆技术能将一个受精卵生成几十个人。D·M·罗维克的《人的复制——一个人的无性生殖》中的富翁要求科学家和医生为他克隆出"儿子"，富翁复制他自己，继承财产。恍惚间让人产生错觉，自己继承自己的财产，自己是自己的子女。如果这个富翁需要，可以克隆出十几个甚至几十个孩子，继承他的财产。这里面有一个问题，大量克隆被克隆者，生物多样性面临挑战。未被克隆的生物，逐渐泯灭于被大量克隆的生物。人类已经灭绝了很多生物，克隆技术如果泛开，人类中的不被克隆者也将由科技选择进行灭绝。这是非常恐怖的生态灾难与伦理颠覆。

克隆人淡化了人类的主体性、存在感，模糊了家庭人伦，分割了血脉至亲。克隆人与被克隆者互为幻影般的存在。那咯索斯注视自己的水中倒影是因为自恋，克隆人注视被克隆者却不是因为迷恋。从克隆人产生的一刻起，他（她）与被克隆者就是双生竞争关系。如果人类能够克隆，那人类是否也能与其他物种进行基因组合生成新物种？理查德·考珀的《无性人》（1972）就描绘了如此图景：自然人、克隆人、亚人类（类人）、类人猿共生的未来社会。克隆人与被克隆者、克隆人与克隆人，这种相似带来的不仅是熟悉感还有恐怖感。克隆带来了镜像的幻影、身份的迷惘。当知悉或暗察自我的主体性出现危机时，人可能会接近崩溃。

作为副本的克隆人，因为人类的各种理由来到这个世界。或者因为被克隆者膝下无子让克隆人继承财产，或者因为被克隆者身患重病让克隆人当器官供体，或者克隆人被制造出来当劳力苦力，或者克隆人被制造出来进行种族清洗，或者仅仅被当作技术手段的产品而被随意销毁，克隆人的产生具有天然的悲剧内蕴。以克隆人的牺牲换取被克隆者的意愿满足，这样的新世界或许对被克隆者是美丽的，但对于克隆人却是悲惨的世界。"它与我们屠宰动物来食肉或者为了狩猎而捕杀动物没有什么本质的区别……"。① 克隆人被当作备份，被当作供体，被当作任人宰割的动物。被克隆者对克隆人的应然期待，裹胁着、扼杀着克隆人的主体性和生命意志。如果时间倒叙，被克隆者也能被视作克隆人的克隆人。而对于克隆人来说，"我也是人，……仅仅是出生的方式不同而已"。② 谁来认定谁是克隆人？谁有权力作出认定？认定克隆人与认定自然人难道不是互通的么？克隆人本身就是自然人的复刻。上述问题可以换成另一个问题：谁来认定谁是奴隶？谁有权力作出认定？在奴隶变成奴役主的时候，认定奴隶与认定奴役者也是能转换的。科幻文学作品中的克隆人代替着自然人追寻人性何在？技术是否有权抹杀克隆人的人性，而只承认制造出人形？从自然人到克隆人，将人从主体性物化为客体，难道不违背科技伦理吗？科技伦理是为人的，还是毁人的？钛艺的《圣诞夜》设想了人类与克隆人的理想主义生活状态。中田一夫与自己的克隆人高桥薰每年圣诞夜都会一起度过，并为彼此送上真诚的祝福。

  顾适的《嵌合体》（2016）里，一个女科学家（没有名字）为了救自己的儿子，以儿子的细胞克隆制造出人-猪嵌合体，以期移植猪（也是人）的肾脏给儿子。但是，小猪长大以后，女科学家发现这只小猪外表是猪，其实它的肾脏与神经系统都与自己的儿子完全一样。它到底是一只小猪，还是自己的儿子呢？女科学家陷入了痛苦，小猪与她像母子一样。可是为了拯救患有肾疾的儿子，女科学家没有办法只能杀死小猪。女科学家决定以后再也不制造生物嵌合体。她研制了纯机器、无神经的人类器官制造机器，以此解决自己

---

① 维蒙·赛尼暖. 克隆人［M］. 高树榕，房英，译. 上海：上海译文出版社，2002：38.
② 维蒙·赛尼暖. 克隆人［M］. 高树榕，房英，译. 上海：上海译文出版社，2002：83.

的伦理恐惑。这部作品蕴含着对各种生命体的悲悯,而不仅仅局限于人类。

(四)永远到底有多远:科幻永生

人类有追求长生不老的集体无意识。从炼丹求药到餐风饮露,从采阴补阳到采阳补阴,从期待轮回转世到求上天堂,从东海寻山到西出阳关,为了长生不老,人类作了各种尝试。永生的追求不分东方与西方,都是求之不得。歌德著名的诗剧《浮士德》(1831)里,浮士德博士为了求得青春不老和知识才学,与魔鬼莫菲斯特做交易,将自己的灵魂抵押给魔鬼。厄内斯特·贝克尔的《否认死亡》(1974)中指出,"最深刻的需要是要摆脱死亡和毁灭的焦虑"。但到目前为止,永生对于人类来说依然是神话或科幻。吕克·费希的《超人类革命》(2017)认为,人类通过会聚技术(NBIC 技术,即纳米技术、生物技术、信息技术和认知科学的协同融合)将有可能实现永生。但其实,问题没有这么简单,人的永生首先涉及什么样的人,然后是什么样的永生。吕克·费希提出的通过 NBIC 技术永生的人类是超人类,已经不是我们普遍意义上理解的人的永生。

尼尔·R·琼斯的《奇异的故事》(1931)中出现了人体死亡迅速冷冻以后复活的设想,有些类似动物冬眠。史蒂文·科特勒的《明日世界——科幻照进现实》(2015)描写了仿生技术(仿生肢体、人造感觉)让人重获新生的故事,以及将人的意识上传存储到电脑里实现意识存储的永生。人类追求的永生是肉体永生,或者说脱离了意识的肉体永生,还是意识永生呢,或者说脱离了肉体的意识永生?从历史上看,绝大部分的永生追求的是肉体意识均不灭。意识活在电脑硬盘和网络空间里,而肉体已经消亡,并不符合绝大部分人理解的人的永生。

科幻电影《时间规划局》(2011)中,幻想人类以操控时间来超越死亡,以定格年龄实现永生。但是,什么都是有代价的,时间必须由金钱来购买。富人拥有大量财富能够换取时间实现长生不老,而穷人因为没有钱来购买时间也就失去了永生的可能。假设时间是一种恒量,有多就有少,有取就有予。谁来规划时间的划拨呢?谁

---

① 厄内斯特·贝克尔. 否认死亡[M]. 林和生,译. 北京:人民出版社,2015:77.

有这种权力呢？男主人公威尔在被诬告陷害以后，开始逃亡，并对抗这种时间规划的强权统治。永生的代价付出，根源是社会中阶层分化与固化的局面。H·G·威尔斯的《时间机器》（1895）是第一部真正意义上的科幻时间旅行作品。科幻文学对时间旅行题材感兴趣或许恰是因为感到了时间对人类的挤压，人在时间中做着加法的同时也做着减法。人类对于永生的追求，也是意图挣脱时间之锁链，掌控时间长短、来去的自由。小松左京的《在无尽长流的尽头》（1965）由一个无论怎么流淌上下部分沙量都不会变化的沙漏，开启了关于时间、宇宙、毁灭、新生、文明的奇幻叙写，让人思考人与时间的终极问题。

科幻电视连续剧《西部世界》（2016）讲述了一群仿生人的故事。西部世界是一个完全由电脑程序设定控制的仿真世界，其中"生活"的仿生人是与人类99%相似的电子智能产品。仿生人能永葆青春的面容，仿生人可以随时归零重启，仿生人能更新升级预置程序，实现永生。人类以仿生人为玩具，仿生人却实现了人类梦寐以求的永生。机器、设备、科技能代替人类做很多事，仿生人甚至代替人实现了某种永生。机器越来越像人，人越来越像机器。人类借由科技实现虚拟永生时，恰恰是一种机械感的永生。科幻电影《黑客帝国》（1999）展现的人类永生形式让人不寒而栗。人类被人工智能机器人豢养在容器中，沉睡着的人类以为自己生活在一个真实世界中，这个真实世界不过是人工智能机器人制造的虚拟世界。真正的真实世界是由人工智能机器人控制的矩阵世界，而豢养人类是为了取得生物电供给矩阵和机器人能量，真所谓倒了颠。

刘慈欣的《中国2185》（1989，未发表）里描摹了中国2185年的社会架构，想象了意识复制、电子永生，将人的思维保存在数码世界中。只要外接内存开机保持运行，人就永生着。如果外接内存关机，那就相当于人休眠或者死亡。将人的思想意识寄存于电脑也好，寄存于书籍也好，或许实现了意识的永生，但是意识已经脱离人的肉体。这种永生形式，仿佛科幻电影《机械战警》（1987）中的人机一体警察，人类只能选择洒脱或者依然无奈。人们称这种永生为虚拟永生。科幻电影《2001太空漫游》（1968）的结局部分，宇航员大卫·鲍曼羽化为纯能量态的星骸，脱离了肉体之躯的有限与痛苦。从此，他成为宇宙的一部分，彻底地"永生"了。这是一种物理、哲学、科幻意义的"永生"。

（五）科幻抑或是寓言：动物伦理

每年为人类奉献生命的动物不计其数。屠宰，实验，等等原因与遭遇，必要的，不必要的，合理的，不合理的，动物的牺牲，惨烈而让人惊愕。人与动物的关系，在某种程度上，是人与生命的关系，人对生命的认识，人对生存的认识。或许，文学不能直接回答动物伦理的理论、实证、制度、法规等问题，但是文学能够表达理论、实证、制度、法规等无法传达的心灵震撼、情感诉求。这种情感诉求和心灵震撼，驱使着人类去思考人和动物的伦理关系，深化着人类对生存体验的深刻感知。通过文学叙事与文学阅读的共同想象，让更多的人感受到动物的痛苦，生命的痛苦，生存的痛苦，有的人想要改变。这就是文学的力量：文学，情感，思考，行动。近现代以来，科技迅猛发展，人口激增，对动物伦理问题带来一系列"石破天惊"的影响。屠宰动物、实验动物牺牲剧增，基因编辑、克隆生物等"变异""怪物"开始出现。有的人甚至担忧，动物身上发生的遭遇会不会在人类身上上演？一些优秀的科幻文学作品通过科幻文学的叙事，让人在"陌生"而"惊异"的阅读体验之中，沉虑着动物的遭遇，警示着生命的伦理。在科技与生命的文学叙事纠葛中，科幻文学作者、科幻文学读者，为了其他物种的生命而呐喊，为了同一生命的存在而追问。这是无比瑰丽的哲学圣典，因为这是对于本体、认识、反思的深刻体认。

科幻文学不仅打破了人机界限，也打破了人与动植物的界限。科幻文学把人机、人与动植物放在了存在的场域之中，奇思玄想，又臻于接近"真相"。伴随着时代与思想的脚步，科幻文学曾经从生命科学、进化论、弱人类中心主义、生态主义、人文主义、生命伦理学等多个角度叙写关于动物伦理的科幻故事。动物的伦理秩序是人类赋予的，它折射出人的哲思观念。乔治·威尔斯的《莫罗博士的岛》（1896）描写了一个奇异的孤岛上居住着奇怪的科学家莫罗博士，他就是故事的主人公，奇异岛上的管理者。莫罗博士在孤岛上，随意解剖、处置、拼装动物，他将动物视为机械零件。威尔斯通过科幻文学叙事达成了对只有科学没有人文，只有技术没有伦理的批判。保罗·巴奇加卢皮的《发条女孩》（2009）描述由于技术失控于人类，基因手段大泛滥，转基因生物、基因病变突变、流行病大量出现，原有的生态已经崩溃，世界只能依靠继续研发转基因饮鸩止渴。巨象（巨大的大象）也是被基因改造出来的动物之一。它们被残酷地大量繁殖，为血汗工厂做苦力，被虐待、虐杀。巨象死后，血汗工厂也不会放过它们，榨干巨象的一切。一切动物、一切生命都成了掌握基因技术的跨国公司利润循环的一部分。动物的痛苦，动物的迷茫，跨国公司、血汗工厂不屑一顾。人的痛苦，人的迷茫，和巨象有差别吗？跨国公司、血汗工厂也不屑一顾。当把动物仅仅看作技术的产物或奴役的活物，人类就能作为万物之灵长而高枕无忧吗？不。就像《发条女孩》里，人类大量死亡，也沦落为技术的产物或奴役的活物。"它们繁殖，吃东西，活着，呼吸，如果你抚摸它们，它们还会发出呼噜噜的声音，它们和人类一样真实"。①

孤岛上的科学家莫罗博士仿佛科学宗教的造物主，血腥癫狂，制造兽人。兽人们吟唱着："难道我们不是人吗？"② 让人辛酸。而当那个误打误撞来到孤岛上的普兰迪克喊出了："它们本是人——像你们一样的人，……你们奴役（enslave）了它们，……！"③ 乔治·威尔斯通过兽人和普兰迪克呐喊出了对科学暴力化、技术极端化的悲愤和批判。科学家莫罗博士在孤岛上为所欲为，自命为科学之神，最后与被他活体解剖、痛苦不已的美洲狮同归于尽。作者乔治·威尔斯通过莫罗博士讽喻没有伦理限制的科技是多么恐怖。科技入侵生命，伦理何处可寻？厄休拉·勒奎因的《野牛女孩及其他动物的在场》以小说寓言的形式提出了一个问题：技术发明出来是为了保护（动物）生命还是残害（动物）生命？人也是动物，如果将这个问题中的动物置换为人，技术发明出来是为了保护（人）生命还是

---

① 保罗·巴奇加卢皮. 发条女孩［M］. 成都：四川科学技术出版社，2012：251.
② 乔治·威尔斯. 莫罗博士的岛［M］. 胡筱颖，等译. 成都：四川文艺出版社，2012：90.
③ 乔治·威尔斯. 莫罗博士的岛［M］. 胡筱颖，等译. 成都：四川文艺出版社，2012：101.

残害（人）生命？回归到生命本真，生命伦理的重量是否不再被漠视？厄休拉·勒奎因的另一篇科幻小说《变化的位面》以更加令人感喟的叙事，再一次发出了生命伦理之问。由于科技的发展神乎其神，人类、动物、植物三者之间可以任意基因重组。基因重组以后的人是动物还是植物，抑或在多大程度上是人？技术对生命的干涉，何其为限？人类主宰技术，还是技术主宰人类？人类通过技术主宰动物生命，还是技术通过人类主宰动物生命？科幻小说总是让人思考科技与人类的关系到底如何处置，人类如何控制科技以处置人类与自然、社会、人类自身的关系。当人类失控于技术对动物伦理的滥用之时，人类又何尝不是失控于技术对人类的异化与反控制。在强大的科技面前，人类和动物一样脆弱不是吗？在没有动物的世界，人类能依靠科技存活吗？

如果说《莫罗博士的岛》主要叙写科技对动物的入侵，那么丹尼尔·凯斯的《献给阿尔及侬的花束》（1966）主要叙写的是科技对人身的入侵。《献给阿尔及侬的花束》描写了一个叫查理·高登的智障儿，在尼斯教授的智力改造科学实验中的遭遇。阿尔及侬是一只实验室里的小白鼠，查理·高登在实验室里与小白鼠互相陪伴。查理·高登仿佛是实验室里的另一只小白鼠，另一个阿尔及侬。尼斯教授与他的学生伯特不仅操控着阿尔及侬，也操控着查理·高登。尼斯教授与斯特劳斯医生不停地争功斗嘴，对名利的欲望，对效率的追逐，让他们舍弃了客观真实与伦理公正。为了突出自己的学术水平，为了突出自己的技术高超，尼斯教授一直贬低查理·高登的状态和人格，以此凸显经过尼斯教授的治疗，查理·高登的改变多么大。尼斯教授为了名利、权欲，人在他眼中也不是人了，而是一只阿尔及侬。尼斯教授甚至宣扬，如果未经他治疗过，查理·高登就从未存在。小说的结局，查理·高登和阿尔及侬都被尼斯教授手术导致脑萎缩死亡。《献给阿尔及侬的花束》揭示了某些科学家的虚伪，科学本身并不是正义之源，技术也未必是灵丹妙药。科技自身并不能规约自身，伦理反思必须如影随形。

菲利普·迪克的《仿生人会梦见电子羊吗？》（1968）以一个荒谬而恐怖的多种生命体世界，揭示了权力—资本的强力之下，不仅是动物,所有的"东西",所有的物品,所有的生命,都被商品化。在小说的科幻世界里,真实人类(健康人类)、特障人(受到过放射污染的人类,基因出现变异,被权力—资本强力划为低等人)、仿生人(脑结构和身体结构都无限接近真实人类的机器人,劳动苦力)、真实动物(电子动物的原型,绝大部分已经被人类灭绝,因而"物以稀为贵")、电子动物(真实动物的模型)各种生命体各承其生命中不能承受之重。在权力—资本强力体系之下,总有"道理"去选择蔑视、虐待某种生命体。这个所谓的"道理"就是权力—资本的利益最大化。健康人类就能安全安心地生存生活吗?怎么会!在某一个体系内,只要蔑视、虐待存在,谁都不可能保证永远置身事外。健康人类相对于仿生人、特障人、动物,相对地、暂时地安全,但是健康人类随时能被测试为、划分为、"降格"为其他所谓的"劣等生命"。在某一个存在蔑视、虐待的权力—资本体系内,人人自危,为求自保不得不同化于权力—资本强力体系,但是越同化于它越异化于生命。小说中的主人公里克是一个警察,他被要求猎杀仿生人。因为仿生人出现了反抗权力—资本强力体系的进化趋势,权力—资本以仿生人杀害过真实人类的借口对其进行灭绝追杀。里克为了谋生,不得不猎杀仿生人。里克每天都很痛苦、迷惘,他觉得仿生人是和他差不多的人,杀仿生人就是杀人,杀人就是杀人,不管人字前面是否加了"仿生"或其他什么限定语。里克每天只好通过与电子动物的交流得到一点儿心灵的慰藉。但是他还是渴望拥有一只真正的真实动物与自己相伴,生命与生命的相伴,而不是生命与科技产物、与权力—资本或其他什么相伴。小说的最后,里克决定买一只昂贵的真实的山羊(因为人类已经导致绝大部分物种灭绝,幸存下来的动物又被人类推出高价售卖),陪伴自己,陪伴家庭。《仿生人会梦见电子羊吗?》是一部深邃、哲思悠长的科幻文学作品。仿生人会做梦吗?仿生人做梦的话,为什么会梦到动物羊呢,即便是电子羊?生命渴望生命,生命的呐喊渴望生命的回应。生命、存在、认知、反思,《仿生人会梦见电子羊吗》以文学场域为哲学思索提供了翔舞的舞台。反思会带来行动,行动会带来变革。从生命与存在的基础上思考人和动物,对动物伦理的体认会变得深刻。人和动物都不过是权力—资本刀俎之下的鱼肉。人的权力即便至高无上,人即便为万物之灵长,但是记得人、人中的某部分,随时能被以缺乏动物伦理的权力—资本强力体系划为接近于动物的"劣等生命"。动物伦理不仅是关于动物的伦理,其更是关于人类的伦理。

二、科技驯化生命

每一个人的生命都来自一个小小的胚胎,来自基因的遗传,来自自然的"神秘力量"。近现代以来,科技的力量日益强大甚至无孔不入。特别是20世纪以来,科技甚至可以干预人类繁衍的自然选择。胚胎干预、基因技术,选择了一些生命,抛弃了一些生命。被抛弃的生命如微尘,消失于宇宙间无影无踪。想象一下,如果照镜子时镜子中的"你"从镜子里走了出来,现实里又有了一个一模一样的你。从外形到基因,都与你完全一样。哪一个是真的你?哪一个是你的本体?你们将拥有一拖二的身份证吗?曾经科幻文学作品的克隆人,在现实里已经有克隆生物。1997年克隆羊"多莉"的诞生,说明了哺乳动物可以被克隆,也说明从科技手段上看人类可以被克隆。无性繁殖人类"石破天惊"地成为现实可能。克隆人是被克隆者的弟弟妹妹,还是子女?如果镜像能够被无限复制,本体的存在是否成疑?选择克隆,被选择克隆,依据是什么?是被自然选择还是被科学选择?伦理选择怎么解释?风险是什么?优生优养?种族清洗?伦理、宗教、法律等如何认知评价克隆?人类可经由改变、合成DNA分子产生,这对于初期接收此类信息的人类是多么震惊。科幻文学就是一种乐于让人震惊的作品。在小羊"多莉"来到这个世界上以前,不少科幻文学作品已经描写了克隆人的故事。另外,人们孜孜以求的永生,或经由改造人类自身,或经由掌控时间之流,依然未实现,对永生的执着追逐却是永生的。永远到底有多远呢?

没有伦理的庇佑,人与动物一样悲惨,反之,动物与人一样悲惨。《献给阿尔及侬的花束》里智障儿查理·高登与实验室小白鼠阿尔及侬一样悲惨,实验室小白鼠阿尔及侬与智障儿查理·高登一样可怜。人与自然是生态共同体,人与人是命运共同体,人与动物是伦理共同体。在共同体中,残虐哪一方,都会反噬到另一方。实验室里实验动物的焚化炉，也可能是人类的归宿。仅从物品、"东西"、利益最大化的牺牲品等眼界"处置"动物，人也随时能被"降格"为物品、"东西"、利益最大化的牺牲品。这在历史上并不罕见。现实需要改变，未来才能改变。天地无涯，人生有限。以人之有限面对存在之无限，科学、效用、理性、情感，均应有一席之地。斯坦尼斯拉夫·莱姆的《索拉里斯星》（1961）就描写了以人类认知之有限面对宇宙浩渺之无限的一个场景：索拉里斯星空间站。面对无法认知、无法"驯服"的索拉里斯星物种序列，人类放弃了科学言说，放弃了对其知识化、暴力化处置。

随着科技的发展，信息、空间的广泛涉及使用，真实性与虚拟性越来越难分难解。电子动物、虚拟动物其身上所体现出来的开发制造者的动物性+人性脾性设定，使用养护者的动物性+人性脾性体验，让人越来越难以分清动物性与人性。特德·姜的《软件体的生命周期》（2010）中，虚拟动物开发制造者的形神设计与伦理思考，使用养护者的情感沉浸以及对资本公司的博弈选择，引发读者对于虚拟动物、虚拟存在、虚拟动物伦理、虚拟存在价值的思索。生命体，存在感，这是讨论虚拟动物伦理和虚拟存在价值的基础。对虚拟动物伦理的思考，是对真实动物伦理思考的延展，本质上都是对生命和存在的信仰与礼赞。

三、 生命伦理的追问

无论是《莫罗博士的岛》里被魔鬼科学家莫罗博士拼贴出的兽人、人兽，还是《献给阿尔及侬的花束》中智障儿查理·高登与实验室小白鼠阿尔及侬的互相镜像映射，抑或是《仿生人会梦见电子羊吗》中健康人类、特障人、仿生人、真实动物、电子动物的生命呼应，无不传达出作家对生命、生命哲学的高度关注。《莫罗博士的岛》中疯狂的科技暴力残虐生命，《献给阿尔及侬的花束》中冠冕堂皇的科技名利践踏生命，《仿生人会梦见电子羊吗?》里强力的权力—资本体系灭绝生命。在科幻文学的世界里，生命的本质以奇异的文学叙事，陌生化的文学意象，疏离化的文学场景，让阅读者不寒而栗，之后深深思索，生命的伦理不能没有动物，否则只是虚伪而虚弱的生命伦理理论。人来自于自然界，人脱胎于动物，人和动物从生命本质、命运共同体的基础上看，不存在绝对的分割。以人类需要、动物低等等理由没有限度地滥用屠宰动物、实验动物，必须得到改变。这不仅是优秀的科幻文学作品的呼声，不仅是很多科技哲学学者的追求，相信也是越来越多的人发自灵魂的呐喊。

到底什么是人？人又是什么？以何为人？何以为人？马克思认为："人的本质不是单个人所固有的抽象物，在其现实性上，它是一切社会关系的总和。"① 马克思强调了人的社会性与实践性。恩格斯认为："劳动创造了人"。② 恩格斯强调了人和劳动的重要关系。或许，还有人会说，人是双螺旋结构 DNA 分子，人是神经元。实际上，到目前为止，哲学并未在什么是人，人是什么的问题上达成共识。其实，什么是人，人是什么，是一个问题或说一个问题的两个方面。什么是人是描述性的，人是什么是判断性的，都在追问人的本质。以何为人是描述性的，何以为人是判断性的，亦在追问人的本质。这种追问既是对生命本体的追问，也是对存在的追问。

人文主义的核心就是对于人的本质的追问。康德关于人的四个追问依然直抵人心：人能认识什么，人应当做什么，人能期望什么，人是什么？③ 这四个追问涉及人的认知、人的伦理、人的权利、人的价值。近现代以来，面对着自然科学、社会科学、人文科学的逐渐分离，社会在获得科技大发展的同时，人们仿佛无法摆脱焦虑和不安。人文主义自产生以来，没有停止对人的关注和思考。但是，某些自怨自艾的、狭隘退化的人文主义无法解决那些时代困惑问题。我们需要贯彻现在、与时俱进、面向未来的人文主义。人文主义应该跟随社会发展、人类进化深化其理论内容、哲学内涵。人文主义不是自然科学、社会科学的对立面，三者应是互为参照的关系。科技发展所带来的确定与不确定风险，让人忧虑。追求前进，追求发展，但是人类又无法确定这"前进"是不是真前进，"发展"是不是真发展。面对着科技对社会、对人类的巨大改变，甚至可以改变人类的基因（某种程度上说是生物本质），人们感觉到惊恐，感到科

---

① 马克思，恩格斯. 马克思恩格斯文集：第 1 卷 [M]. 北京：人民出版社，2009：501.

② 恩格斯. 劳动在从猿到人转变过程中的作用 [M]. 马克思恩格斯选集：第 3 卷. 北京：人民出版社，1972：508-509.

③ 康德. 逻辑学讲义 [M]. 许景行，译. 北京：商务印书馆，1991：15.

技未来的不可预测性。器官移植、装置介入、人机一体、芯片植入、"部件"置换等等，人的主体性、同一性面临困境，在生物学、心理学、社会学、政治法律、哲学伦理等方面也存在难题。比如，人机一体是不是人？人机的比例多大保证是人？芯片植入保存、转移、更改记忆是不是人？心灵与身体可以分割、重建吗？从培植体取用"部件"进行置换是不是人？如果是人，那么人的含义、本质、存在样态是否发生了较大改变？科幻文学作品中的胚胎干预、基因技术"产物"（有时是"怪物"）、机器人、克隆人、人造人、幻影人、兽人是人吗？如果是人，那么人的含义、本质、存在样态如何界定？如果不是人，那么依然是这个问题：人的含义、本质、存在样态如何界定？人格尊严、生命意志的哲学内涵如何书写？科技在很大程度上解放了人类、发展了人类，在某些方面超越了人类，同时科技也迷惑了人类、解构了人类。人们对科技的担忧主要是忧惧科技的发展进化失控于人，而反过来命名、控制、奴役人类。人的装备、智能、基因，科技都能介入改变。那么，再回看康德关于人的四个追问：人能认识什么，人应当做什么，人能期望什么，人是什么？人类自己将会作出怎样的回答呢。科技已经并将继续解构、塑造人类。科幻文学作品恰恰在文学的场域描摹已然、未然、可然的科技解构、建构想象。这种想象有时带来异想天开般阅读的奇妙快感，有时带来的是仿佛读者自身被解构的恐惧。现在以及未来，人类要变成一切科技关系的总和？抑或是科技创造了人？人类注定要在惊喜与恐惧中险象环生地前行。哲学的反思、伦理的追求，不能忘。

　　人之为人：以何为人，何以为人？这是一个历久弥新的哲学问题。人是理性、情感、审美、伦理的存在者。那么，理性、情感、审美、伦理的存在者是否仅限于人？在科幻文学作品中，胚胎干预、基因技术"产物"（有时是"怪物"）、机器人、克隆人、人造人、幻影人、兽人、动物等常常具有理性、情感、审美、伦理等质素。如果未来社会中胚胎干预、基因技术"产物"（有时是"怪物"）、机器人、克隆人、人造人、幻影人、兽人、动物真的经由科技手段和"进化奇点"成为理性、情感、审美、伦理的存在者，那么他们、她们或它们是否以之为人？我们现在的社会也是原始社会、古代社会所不能想象的吧。原始社会、古代社会作出类似想象的文字，我们称之为奇幻作品。那么,我们现在称之为科幻作品的文学艺术文本,未来社会将如何看待呢。未来又如何看待我们现在的人类呢?他们会不会继续提出人之为人、以何为人、何以为人的问题。哲学提出问题、思考问题,也解答一部分问题。更多的问题解答,来自"世道人心",社会的发展变迁与人类的思想情志。

到现在为止,人类掌握着大部分科技发展的决定权,但也面临着比如核威慑、核污染等有妄之灾。人类对自身的思想情志了解也有限,对于科技发展的方向与风险也未必能全然掌握。在无知中探索有知,在风险中追求进化,这就是人类凭借科技和人文的双翼在宇宙和历史的场域流淌中存在并发展的路径吧。认知科技,也是在认知人类自己的能力;感怀人文,就是在探寻人类自己的价值。我们只能继续秉持理性,坚持学习,不断探索,持续反思,踏出人类的足印。

第二节　生态图景:科技景观与生态伦理觅寻

人之于世必然处于一定的生态之中,自然生态、社会生态、文化生态、宇宙生态。在恶劣的生态环境中,人类的处境痛苦而危险。虽然古希腊哲学家普罗泰格拉认为"人是万物的尺度",但是恩格斯告诫"我们不要过分陶醉于我们对自然界的胜利。"① 当人类面对自然时总以战胜自然为目标,这恰恰是将人类排除在自然生态之外,忘记了人类本是在自然生态之内的事实。科技带来了利好,科技也带来了严重的污染、物种的灭绝。当生态崩毁、资源枯绝时,科技能救得了人类吗?

一、科技景观的图景

(一)界限:人与自然

多丽丝·莱辛的《第八号行星代表的产生》(1982)描绘了自然生态巨变时人类的渺小无助。八号行星气候宜人四季如春,生机盎然多姿多彩,在八号行星生活的人类安享太平。但是,自然生态

---

① 恩格斯.自然辩证法[M].马克思恩格斯选集:第4卷.北京:人民出版社,1995:383.

突变，原本四季如春的八号行星持续降雪，到处是白茫茫一片。唯一的生存希望——移民到 Rohanda 星球——也破灭了，因为 Rohanda 星球的自然生态也变得极其恶劣。被自然生态抛弃的人类就如未足月而被剪断脐带的婴孩，茫然而无助。虽然八号行星的人类尝试过自救，修建高高的黑色防护墙，但是，在自然生态的崩毁面前，防护墙不堪一击。最后，八号行星变成了雪球、冰球，一切都被冰雪埋葬了。多丽丝·莱辛的另一部科幻小说《玛拉和丹恩历险记》（1998）中，呈现的是无尽的干旱、缺水。几千年后的非洲，烈火般酷热炎炎，干旱缺水是每天的日常生活。生态的异变有天然的因素，也有人为的因素。人对自己的自大，对自然的狂妄，造成生态枯绝、村荒人湮。自然生态的恶化，不仅危及人类，其他生物也被波及遭殃、甚至灭绝。冰封雪地中，生命迟滞走向死亡。炎炎干旱中，生命枯竭神慌意乱。在生态异象下，无论人还是动物，到处是争夺、残杀，仿佛末日景象。

H·G·威尔斯的《时间机器》（1895）想象了时间旅行者通过时间机器来到未来，看到生态崩坏、人类灭绝的恐怖景象。小松左京的《日本沉没》（1973）是广为人知的科幻作品。地壳变动，火山喷发，日本列岛被撕裂成碎块沉没入海。小说描述了发现日本即将沉没、沉没中、沉没以后，人与灾难、人与人的纠葛。长铗的《扶桑之伤》（2008）以历史隐喻未来，假想远古人类与当代人类一样科技发达。但是远古人类一样有人类的通病，残酷剥削自然，导致生态崩溃。而科技的威力大大增强了人类破坏生态的能力，大洪灾不过是人类自招而来的自然警告。

艾萨克·阿西莫夫的《我，机器人》（1950）里，因为人类破坏生态，势必导致人类生存危机，而以保护人类为设定目标的机器人，为了保护人类只能攻击人类。为了人类可持续生存，必须减少人类对生态的破坏，为了减少人类对生态的破坏，必须攻击人类，才能实现人类可持续生存。人在生态之中，不在生态之外。人类是地球生态系统里的物种成员，人类需要地球，地球未必需要人类。毁灭了地球生态系统，人类以何生存？移民到其他星球吗？虽然人类已经探索到月球、火星,但是离科幻作品中的星球移民还难以时计。在人与自然的关系中,越界是危险的。造成自然生态危机的根源在于人类中心主义的越界。明了整体生态主义的界限,人与自然也是命运共同体,可持续发展才是人间正道。

(二)底线:人与社会

自然生态与社会生态是相通的。对自然资源的争夺必然导致社会生态的紧张,加重人与人的矛盾。战争就是社会生态恶化到极端的反映形态。多丽丝·莱辛的《幸存者回忆录》(1974)描绘了战争之下人类社会礼崩乐坏,文明接近终结。没有道德,没有底线,抢夺资源,越货杀人。为了果腹,甚至退行到食用尸体。多丽丝·莱辛的另一部科幻小说《裂缝》(2007)描写了裂缝人(女人)和怪物(男人)互相憎恶、仇视,互相折磨。后来,裂缝人和怪物终于开始正确认知对方,逐渐开始了两性和谐的新生活。

H·G·威尔斯的《时间机器》(1895)描写了在科技空间的挤压之下人类社会生态的惨烈图景。被科技空间异化的莫洛克人,在地下世界的血汗工厂中已经变成机器的配件和附属。地上世界的埃洛伊人不劳作只享受,由地下世界的莫洛克人供养埃洛伊人。莫洛克人一面供养埃洛伊人,一面将埃洛伊人当作猎物进行捕杀。机器—莫洛克人—埃洛伊人形成了一个闭环,作为科技代表的机器冷冽无言,机器的开动运作维系了莫洛克人—埃洛伊人互相依存的关系。H·G·威尔斯的《昏睡百年》(1899)里,工人被管理者和机器固定在小小的角落,工人成为机器的延伸。伴随与机器相伴的日复一日的生活,工人越来越呆滞麻木,主体性逐渐丧失。机器给予的疲惫,导致工人只想回家睡觉。人与人之间的关系越来越疏离而无趣,人与社会懒得联系交往。

乔治·奥威尔的《1984》(1949)描写了在强权与科技的双重挤压之下,社会生态让人恐怖窒息。监视、监听电幕系统将人们控制得牢牢的,监测到有人"有问题"时就会被送去"改造"。人人自危,物质生活和精神生活都极其贫困。小川一水的《加尔纳夫卡迷宫》中,特奥·斯雷本斯通过自己的努力、智慧、坚持,将被禁锢在地下迷宫的反社会人群，从唯一的出口带出，使其重见天日。在地下迷宫被禁锢的十年间，他们克服了恶劣的环境、短缺的食物、未知的恐惧、信息的孤独。政府将对地下迷宫的监视传播给外部世界，威慑外部世界的人们。但是，被禁锢在地下迷宫的反社会人群，不仅没有如政府所愿自相残杀，反而实现了地下迷宫社会生态革新：分享食物大家存活，老弱病残皆有所顾。外部世界的人们不仅没有被政府威慑住，反而从地下迷宫社会生态当中得到鼓励，外部世界的社会生态出现了变动的迹象。

（三）沉沦：人和文化

《星球大战》（1977）、《银翼杀手》（1982）、《深渊》等科幻作品中都留刻下美苏争霸、二元冷战的文化烙印。《变形金刚》系列科幻作品则反映了美国的汽车文化，美国人与汽车功能的多种紧密联系。《人猿星球》（1968）以科幻的形式反映了黑人文化，批判了美国的种族制度、等级制度。《当世界毁灭时》（1951）描写在地球即将毁灭时，只有白人有权登上宇宙飞船逃逸，将现实社会里的"黑人不得入内"种族歧视搬演到了宇宙飞船旁。日本机甲部队（装甲兵）题材动漫、特摄影剧，鲜明地反映了武士之魂、战争记忆的文化因子。欧美科幻漫画大多体现着青年亚文化的喜好趋向，而这种青年亚文化日趋与大众文化、主流文化融会。

西格尔导演的科幻电影《天外魔花》（1956）里，人类不知不觉间被冷漠残酷的外星人逐渐代替。小镇变成了灭绝人性、伦理败坏的恐怖之地。在这个小镇里，一些没结婚的恋人或没有孩子的夫妻，都被作为不正常的人而被追捕。不正常的人恰恰是这些追捕所谓的"不正常的人"的人。这部电影以科幻的形式反映并质问了当时麦卡锡主义盛行的美国社会生态、文化生态已经变态到什么程度。

桂公梓的《金陵十二区》（2015）以黑色幽默的笔法展开科幻图景。作品将外星人入侵地球藏身于南京，摧毁地球文明的原因归结于人类社会文化失序、失范、失格。诙谐而辛辣地讽刺了人类社会当中的伦理颠倒、人性泯灭，讽刺里还透露出悲悯。不遵守交通规则的，撞伤人不承认的，醉驾导致"无差别杀人"式惨烈车祸的，只顾自己享乐吸毒把亲生孩子活活饿死的……这些人外形是人类，内里文化伦理已经烂透。它们只不过是人形外星入侵者。

宁浩导演的科幻喜剧电影《疯狂外星人》（2019），想象了一出外星人欢欢在地球的惊心动魄的旅程。欢欢所属的星球文明科技远发达于地球，但是欢欢一到地球其能量环就被人类摘去，暂时失去了超能力。欢欢不得不学习中国功夫、中国杂技、中国醉拳，还误打误撞地被盲人按摩、拔了火罐，甚至被泡进了药酒。在电影的结局中，欢欢重新得到了能量环，恢复了超能力。这一段地球的探险之旅、文化之旅，在一定程度上浸染了外星人欢欢，最后欢欢带着中国文化的影响返回了自己的家园。《疯狂外星人》描绘的是文化对与人有关的事物强大的影响力。文化，文以化之，人类社会在发展历程中孕育宏发了持久坚韧的文化。进入人类生存范围、视野眼光的万事万物，无不被人类加以命名、以文化之，从而纳入人类的文化系统。连外星人也不能避免，被人类文化命名、"教化"的运命。

（四）迷狂：人和宇宙

刘慈欣的《诗云》（2003）里，外星殖民者——吞噬者入侵地球，疯狂掠夺地球资源，像饲养家畜一样饲养人类作为吞噬者的食物。吞噬者殖民地球能够得手的原因在于它掌握的科技强于地球人。后来，另一伙科技实力更强的超级文明"神"从星而降来到地球。所谓的"神"不是看被当作食物的地球人可怜，也不是一般的星际殖民者。"神"不关心地球人，也不在意吞噬者，也不管地球死活。"神"来到地球只是因为他们喜欢中国古典诗词，他们来地球是想制造"诗云"——能做古典诗词的量子计算机。于是，"神"毁掉了大半个地球制成了一台"诗云"，而可怜的地球只剩残骸。最后，以暴力和技术手段硬造古典诗词的"神"，疯狂的造诗梦失败了。

王晋康的《逃出母宇宙》（2013）描写了宇宙末日之时人类的求生与救赎。人和宇宙像母子，也像对手。"天之亡我，非战之罪也。""天之亡我，我何渡为！"（《史记·项羽本纪》）《逃出母宇宙》像是宇宙版《活着》。在宇宙给予人类生存时空的同时，它又随时给予人类以灾变的绝望。而这种"随时给予""灾变"更像是宇宙的常态。缝隙中给予人类的希望不过是黄粱一梦。在宇宙面前，文明也好，科技也罢，什么与"活着"相比都不堪一提。生存下去就是生命的意义。面临绝望，人类的道德伦理全面瓦解，但是也有人绽放出了更为灿烂的生命价值。

伊·安·叶弗列莫夫的《仙女座星云》，阿·卡赞采夫的《太空神曲》对人类的力量、宇宙的和谐充满乐观。地球人帮助外星人，一起建设家园。幻想外星人与地球人友好的科幻作品，也不少见，比如《E.T. 外星人》（1982）。但是，刘慈欣的《三体2 黑暗森林》告诉我们，别太傻白甜。无论是幻想地球人强大到压制全宇宙文明、帮助外星人，还是幻想外星人天生善类，都是掩耳盗铃、自我安慰。"宇宙就是一座黑暗森林，……在这片森林中，他人就是地狱，就是永恒的威胁，任何暴露自己存在的生命都将很快被消灭。"《三体2 黑暗森林》中，罗辑和叶文洁还建立了宇宙社会学。宇宙中的不同文明会猜疑对方是否会采取各种手段毁灭自己。"人类是否做好了应对末日灾难的准备？……现有的道德和伦理体系是否适用？"[1]"不要再从道德的角度谈了，在宇宙中，那东西没意义。"[2]

二、科技殖民生态

H·G·威尔斯的《时间机器》（1895）描写了在科技空间的挤压之下人类社会生态的惨烈图景。被科技空间异化的莫洛克人，在地下世界的血汗工厂中已经变成机器的配件和附属。长铗的《扶桑之伤》（2008）以历史隐喻未来，假想远古人类与当代人类一样科技发达。但是远古人类一样有人类的通病，残酷剥削自然，导致生态崩溃。而科技的威力大大增强了人类破坏生态的能力，大洪灾不过是人类自招而来的自然警告。乔治·奥威尔的《1984》（1949）描写了在强权与科技的双重挤压之下，社会生态让人恐怖窒息。监视、监听电幕系统将人们控制得牢牢的，监测到有人"有问题"时就会被送去"改造"。人人自危，物质生活和精神生活都极其贫困。

---

[1] 王晋康. 逃出母宇宙 [M]. 成都：四川科学技术出版社，2013.
[2] 刘慈欣. 时间移民：吞食者 [M]. 南京：江苏凤凰文艺出版社，2014.

刘慈欣的《诗云》（2003）里，外星殖民者——吞噬者入侵地球，疯狂掠夺地球资源，像饲养家畜一样饲养人类作为吞噬者的食物。吞噬者殖民地球能够得手的原因在于它掌握的科技强于地球人。科技强力之下，自然生态、社会生态、文化生态、宇宙生态都面临难题。

生态的灾难有自然的因素，也有人为的因素。人对自己的自大，对自然的狂妄，造成生态枯绝、村荒人湮。自然生态的恶化，不仅危及人类，其他生物也被波及、甚至灭绝。冰封雪地中，生命迟滞走向死亡。炎炎干旱中，生命枯竭神慌意乱。在生态异象下，无论人还是动物，到处是争夺、残杀，仿佛末日景象。因为人类破坏生态，势必导致人类生存危机，为了人类可持续生存，必须减少人类对生态的破坏。人在生态之中，不在生态之外。人类是地球生态系统里的物种成员，人类需要地球，地球未必需要人类。毁灭了地球生态系统，人类以何生存？移民到其他星球吗？虽然人类已经探索到月球、火星，但是离科幻作品中的星球移民还难以时计。科技殖民生态带来的生态灾难反噬，应该累积了很多经验教训。在人与自然的关系中，越界是危险的。造成自然生态危机的根源在于人类中心主义的越界。不要逾越整体生态主义的界限，人与自然也是命运共同体，实现可持续发展的人类才有未来。

三、生态伦理的觅寻

1300多年前，陈子昂登上北京大兴的幽州台时，不禁感慨："前不见古人，后不见来者。念天地之悠悠，独怆然而涕下！"面对宇宙的宏阔无涯，人生的有限微渺，怆然涕下。正所谓"生年不满百，常怀千岁忧。"（《古诗十九首》之一）人类很早就对浩瀚的星海无限好奇，并对之进行观测。"日月之行，若出其中；星汉灿烂，若出其里。"（曹操《观沧海》）《辞海》（第七版）释"宇宙"为：天地万物的总称。《淮南子·原道》："纮宇宙而章三光。"高诱注："四方上下曰宇，古往今来曰宙，以喻天地。"有时亦称"世界"。或许，科幻文学是最能够达成对地球、星系、宇宙生态进行思索的文体形式。浩瀚星海，从古至今，无数文人墨客为之挥洒笔墨，甚至挥洒泪水。星海无涯人生有涯，人生何处是归处？近现代以来，随着科技的发展,人类凭借科技的力量,继续对宇宙星海的探寻。文学的挥洒结合科技的元素,展现了一幅幅人和宇宙生态联结的迷狂图景。

科幻的动能,文化的势能,融合注写了科幻文学对人类文化生态的伦理反思。《流浪地球》(小说2000,电影2019)在人类家园——地球即将毁灭的背景下,中国文化所秉持的家国天下情怀、奉献牺牲精神、命运共同体价值观,深深地打动了受众,无论情感上还是理性上,文化对人心灵之书的抒写是至深的。韩松的《超越现实》《天道》《宇宙墓碑》叙写了假如只有科技没有文化,地球、宇宙的图景是多么枯绝恐怖。而毫不悯恤人类的宇宙就像一座大墓,人类不过是土馒头里的馒头馅。存在主义哲学认为人类与其他对象一样都是被抛置在"处境"之中,偶然而虚无。得以"诗意的栖居",才能摆脱存在的痛苦。韩松的另一部科幻小说《红色海洋》描写了一部奇绝的人类进化发展史。人类失去文明与科技,将退化为只能"食""色""战"的生命体。

"科学的尽头是哲学"。宇宙的尽头呢?刘慈欣的《朝闻道》(2002)中,人类如果想获知宇宙的奥秘,必须奉出生命的献祭。丁仪为了得到超级文明"排险者"关于宇宙奥义的答案,选择了"朝闻道,夕死可矣。"宇宙的边际是世界真相、生命真谛的终极奥义吗?作为"通俗文学"的科幻文学却含蕴着最为深沉的胸怀哲思。幻想的力量,语言的力量,思想的力量,这就是科幻文学的魅力。对于生物来说,生存是第一要义,人类也不例外。人在宇宙生态中是否有持续生存的力量,宇宙和时间会展示答案。

第三节 生存情境:科技配置与生存伦理思考

一、科技配置的机制

(一) 蒸汽朋克的生存摇滚曲

蒸汽朋克着迷于蒸汽机器的滚滚动力感和凛冽金属的质感,迷恋于蒸汽时代朴拙的科技。蒸汽时代是第一个人类深深折服于科技力量的时代。保罗·迪·菲利浦的《蒸汽朋克三部曲》(1995)又将蒸汽朋克与怪兽结合在一起。提姆·鲍尔斯的《阿努比斯之门》（1984）中，英语教授道尔通过时间旅行从20世纪回到了1810年的蒸汽伦敦，与他在20世纪时所知晓的蒸汽伦敦完全不一样。在19世纪初蒸汽伦敦的背景下，作者叙写了时间之河与人类历史、芜杂文化与奇幻诡论。

科幻动画电影《蒸汽少年》（2004）以精致恢弘的蒸汽朋克场景、近于完美的动画描绘为观众呈现了一个蒸汽少年的科学探险求真之旅。热爱发明、热爱各种蒸汽机械的少年雷·史提姆出生于发明世家。他的祖父洛伊德·史提姆和父亲爱德华·史提姆，游历世界进行科学研究与各种发明，他们发明了一个密封着超高压力蒸汽的金属球。财阀得知了金属球的存在，开始对拥有金属球的少年雷·史提姆进行追杀。蒸汽少年雷·史提姆在大逃亡的旅程中，不断成长。最后，利用金属球提供的蒸汽动力，蒸汽少年雷·史提姆进入太空，开始了新的探险之旅。在对金属球的争夺中和不同期待中，人们不禁思索：科学究竟是接近宇宙奥义的知识，还是打开了潘多拉的暗黑盒子。

科幻动画短片《哈布洛先生》（2013）描绘了机械城市里强迫症患者哈布洛先生与一只机械狗的生活日常和感人细节。在高度机械化的城市里，连人也是人机一体的，哈布洛先生的脑门上永远划动着数字，脑袋上总是带着精密眼镜。在这个蒸汽朋克范儿的机械城市里，空气中仿佛长久地漂浮着动力蒸汽和机械尾气。植物和动物也是机械的。每天按部就班生活和工作的哈布洛先生，从不愿意离开自己的屋子，每天定时定点地起床、摆弄墙上的相框、调整窗台上的机械花、喝咖啡、工作、睡觉。有一天，他注意到街对面有一只被遗弃的流浪狗——当然是机械狗。从此，哈布洛先生开始担心它在哪儿睡觉，害怕它被垃圾车"误杀"。哈布洛先生因为担心小狗被误当成垃圾被垃圾车粉碎，暂时战胜了自己的强迫症冲到街道上，可是垃圾车已经开走了。哈布洛先生呆呆地站在街道中间。就在这时，小机器狗从他背后向他跑去。哈布洛先生激动地抱起小狗。他们开始一人一狗的日常生活。小狗越长越大，哈布洛先生的房子已经快容不下机械狗大象一样的身躯了。最后，从不愿离开自己屋子的哈布洛先生带着机械狗搬到了工厂厂房般的新家,继续相伴。庞大硬朗的机械场景中,这一人一狗的牵绊分外温馨。科幻蒸汽朋克的摇滚曲唱出了"一闪一闪亮晶晶,满天都是小星星"般的天真。机械城市里的生存,也有、也需要牵绊与纯真。

(二) 赛博空间的生存场域

赛博空间正逐渐从科幻走到现实,我们日常生活的世界越来越赛博化(信息化、网络化、虚拟化)。未来的赛博空间将会发展到什么程度?邓肯·琼斯导演的科幻电影《源代码》(2011)描述了人的意识与身体分离、复现于赛博空间的层层幻梦。在赛博空间里,脱离于身体的意识可以复现于任何"载体",显像为任何人。人已经失去了灵肉一体和谐的属性,人的意识也成为赛博空间可以编辑的代码。赛博空间成了一种强力极权,编辑控制着人类的命运。人类表面上可以在赛博空间里实现永生——意识复现于"载体",但是这种永生与将亡已亡没有什么区别。人类已经没有生物的活性,却越来越接近于人工智能机器——包括软件(意识)与硬件(身体)。这难道不像是一重重难以醒来的噩梦吗?

威廉·吉布森的《神经漫游者》(1984)描绘了想象中的城市赛博化以后的全景图与众生相。小说中最"惊悚"的情节就是人工智能逐渐演化出自我,拥有了主体性。赛博空间的科技氛围浓厚,人类个体的生存面临挑战,孤独感、绝望感在都市丛林与赛博空间里四处蔓延。在四通八达的信息通道及网络里,人类、赛博城市却成了某种意义上的孤岛。城市赛博空间里,具有森严的门禁系统和分区居住区划。这是资本、技术、信息等因素综合形成的阶层分化与固化。当人工智能演化出了主体意识,人类主体性与人工智能主体性边界模糊了。在赛博空间,人类越来越被人工智能所控制。人类的生存感越来越混乱,不知道是人工智能延伸了人类,还是人工智能替换了人类,代替甚至取代人类生存。

王十月的《如果末日无期》(2019)描写了赛博空间里虚拟世界再造虚拟世界的存在迷思,人类与机器人相爱却像生存在两个不同维度时空般难以相伴。人类大脑像网络计算机互联一般互联成脑联网,但脑联网的大脑却丧失了人类的主体意识和情愫感觉。什么是真实？什么是虚拟？什么是人？什么是机器？脑联网与计算机互联网有什么区别？人类迷惑了。人机互联的罗伯特实现了在赛博空间的永生。他仿佛注视着一切，记录着一切。但是，他又是谁或什么的外存或延端呢？到底是人类创造了赛博空间，还是赛博空间创造了人类？人类的生存是真实的，还是赛博虚拟的？没有答案。只有深深的追问。

（三）科技乌托邦的生存之梦

科幻文学以科技手段解构旧托邦，建构新托邦。那么这种高配科技、低配"人味"的科技乌托邦，会给人类的生存带来什么样的改变和影响呢？叶永烈的《小灵通漫游未来》对未来科技乌托邦社会充满了乐观向往。

斯特鲁伽茨基兄弟的《路边野餐》（1972）塑造了一个充满隐喻与哲思的科技乌托邦小镇。未来某个小镇，由于外星人的造访，出现了一段充满科技物质与科技影响的地带，在小说中被命名为"造访带"。"造访带"地段，到处是外星人遗留下的放射性物质，生态崩毁，生物灭绝，充满着恐怖暗黑的景象，仿佛地狱在人间的显影。这个"造访带"很可能是外星人进行星际旅行时在地球野餐形成的垃圾堆。而一些胆大的冒险者不顾生命危险（包括一些科学家）总去"造访带"寻宝，他们自己将这种寻宝行为也叫野餐。这就是小说题目的由来。冒险者在"造访带"找到了永动机、永续电池、灵丹妙药等。在"造访带"的外星科技垃圾中，冒险者最想找到一个金球（象征唯科学主义、科技至上）和一个盒子（象征不确定性、科技风险）。外星人野餐留下的科技垃圾，却是人类探险寻宝的科技"野餐"。小镇的外星科技垃圾带，成了冒险者与科学家的科技乌托邦。科技乌托邦是人类新生的黄粱美梦还是往生的噩梦预言？

查理·布洛克的科幻剧《黑镜子：一千五百万的价值》（2011），为我们视觉呈现了一个高浓度科技感的人类未来社会。人们都居住在黑玻璃制成的单间里，每个人都有自己的虚拟形象，用虚拟形象在社交网络上交往。人们日常生活的维护保养已经被科技压制到最低，需要人们每天在"动感单车"（固定的自行车架）上蹬轮赚取点数。植物也看不到了，一切都经过科技处理数字化、虚拟化，只能看到森林的投影。科技乌托邦将人类社会变成了大摄影棚。在这个让人倍感压抑与空虚的高浓缩科技社会，人们最大的理想是参加选秀、一举成名，即在日常媒介化生存的基础上飞升到骨灰级媒介化生存。男主角拿出自己攒下的一千五百万点数，为喜欢唱歌的女主角买下参加选秀的入场券，想帮助女主角实现唱歌成名的梦想。但是，女主角自己选择了当色情女星。男主角失望、愤怒，来到选秀现场，痛斥这虚伪冷漠的一切。但在所谓评委的洗脑下，虚拟观众也以为这只不过是男主角的脱口秀表演。在科技未来面前，一切都被解构，"人"也不存在了。在全媒介化的乌托邦，人的一切所作所为，都被强制纳入到表演舞台，而生活的天平无处安放。科技乌托邦的生存成为一种"单向度"的生存。

杰弗里·布里茨导演的科幻剧《上载新生》（2020）展现了一幅"如果有技术瑕疵的话……"的科技乌托邦图景。2033年，人类"传统""常规"死亡后，可以付费在虚拟空间继续生存。人类寄存"意识"的这个虚拟空间也是保存在服务器上的。在现实世界里的消费能力决定在虚拟空间的生存状态。在虚拟空间消费能力决定账号能享受的科技等级。虚拟账号的原主人，是由于技术缺陷、智能设备被恶意操控而死亡的。死亡之后，他们"乔迁"至虚拟空间科幻永生。借助科技的力量，人类实现了意识的科技媒介永生。但是，虚拟空间的人实际上往往成为现实世界里的人的游戏账号。这个高科技的虚拟生存空间，依然存在诸如恐怖暗网、黄赌毒、暴力、诈骗等负面的东西。

二、科技结构生存

蒸汽朋克的时空架空设置氛围既怀旧又具未来感，仿佛只有蓬勃的蒸汽与金属的机械才能给人带来存在的质感。蒸汽朋克风格的科幻世界，既酷且憨，既沉重又空灵，既反叛又温情，带来况味复杂的生存体验。科幻小说里曾经幻想的赛博空间已经成为人类的生存场域。赛博空间在带来人类生存某些方面利好和便捷的同时，却也对人类的生存产生了瓦解效应。人机紧密相关，网络空间虚拟账号人格化，赛博空间行为痕迹云盘永远留存……是赛博空间为了人类而存在，还是人类替赛博空间生存？到底是人类预设了人工智能的每一步程序，还是人工智能有朝一日终会自己进化？赛博空间的生存场域让人类切切实实地感受到了后人类生存的体验。

王诺诺的《改良人类》描写在未来社会科技发达，通过生物技术、DNA编辑驯化人类的身体，人类根据科技书写达成"最优"状态，整齐划一。《全数据时代》展示了未来社会人机互联、网控一切的景观。每个人的大脑内都被安置了电子秘书，与数据库云盘互联，通过人工智能监控、分析、调整人的行为。生活场景中的一切东西也都与云盘相联，人工智能负责规训。人成为人工智能的外设、移动端。在高科技"云上的日子"，乌托邦里的人类变得像内置智能程序的硅胶娃娃一样，"美貌"相像，呆滞方面也相像。科技已从方方面面解构了人的生存。人类仿佛变成了科技配置的组成构件。

三、 生存伦理的思考

近现代以来，人类在科技力量的加持下，上天入地，翻云入海，将很多奇幻之想变成了现实。科技为人类带来发展、奇迹的同时，也带来了系列的危机风险与伦理失范。"云上的日子"固然玄妙，但是地球家园不想流浪。科技是我们的助手，还是我们的主人呢？我们是借科技之力达成更好的生存，还是科技可以主宰我们施行程序化生存呢？人类生存的真谛到底是什么？高科技乌托邦的生存之梦，呈现了赛博空间之中人类演化成机器朋克般的复杂摇滚曲。

科技生存空间的科技氛围浓厚，人类个体的生存面临挑战，孤独感、绝望感在都市丛林与科技生存空间里四处蔓延。当人工智能演化出主体意识，人类主体性与人工智能主体性边界模糊了。在科技生存空间，人类越来越被人工智能所控制。人类的生存感越来越混乱，不知道是人工智能延伸了人类，还是人工智能替换了人类。在四通八达的信息通道及网络里，人类、科技生存空间城市却成了某种意义上的孤岛。科技生存空间里，具有森严的门禁系统和分区居住区划。这是资本、技术、信息等因素综合形成的阶层分化与固化。

科技生存空间里虚拟世界再造虚拟世界，人与人仿佛生存在不同维度时空。人类大脑像网络计算机互联一般互联成脑联网，但脑联网的大脑却丧失了人类的主体意识和情意感觉。什么是真实？什

科幻文学的科技伦理审视

么是虚拟？什么是人？什么是机器？脑联网与计算机互联网有什么区别？人类迷惑了。人机互联的人类或许实现了在科技生存空间的科技永生。科技生存空间注视着一切，记录着一切。人类又是谁或什么的外存或终端呢？到底是人类创造了科技生存空间，还是科技生存空间创造了人类？人类的生存是真实的，还是科技生存虚拟的？科技加入书写人类生存形式，人们对生存情态的伦理思考保持着心理的痛感。

第四节 价值理性：科技规制与责任伦理探究

一、科技规制的主体

（一）科学家形象与科技伦理责任

1. 科学家正面形象

《后天》（2004）中，科学家杰克·霍尔发现了地球由于温室效应、生态恶化将沦陷进入冰河纪。杰克·霍尔不禁为自己的家人和整个人类的生存忧心忡忡，他急告美国政府马上采取行动拯救人民，但是已经来不及了。冰封雪盖，狂风洪水，迅速吞没了大部分地球，冰河时代开始了。杰克·霍尔得知儿子奔赴纽约身处险境，立即冒险在冰天雪地的纽约寻找儿子。科学家杰克·霍尔秉持职业伦理、社会伦理、家庭伦理，科学需要这样的科学家，社会需要这样的科学家，家庭也需要这样的科学家父亲。科学素养与人文素养兼备，科技手段与伦理道德皆具，这是科学家正面形象的精髓。

刘慈欣科幻小说中按篇幅次数出场最多的科学家——丁仪，《坍缩》《朝闻道》《微观尽头》《球状闪电》《三体1　地球往事》《三体2　黑暗森林》《三体3　死神永生》《时间移民》《不能共存的节日》中都有丁仪的形象。丁仪是一位物理学家，他发现了宇宙的奥秘，参与了可控核聚变研究，并为地球太空军的建成立下赫赫功劳。他也曾为了得到科学真知，保卫人类，献出生命。知乎上有网友调侃："不正经的说，丁仪已经成为一个有意思的梗了。有超前的物理理论要出来了，快叫丁仪过来！有外星人来了，快叫丁仪过来！有了不起的科学发明，快给丁仪看看！地球又要完蛋了，丁老您讲两句!不行剧情发展的太压抑了,丁老您给讲个段子!大家快看,丁仪又在卖萌!大家再看,丁仪在装COOL!丁仪你又死了,丁老您死得好惨!大概就是这样。"网友以网络段子的形式表达了对丁仪这一角色的喜欢。

许指严的《电世界》(1909)里的黄震球,童恩正的《珊瑚岛上的死光》(1978)里的科学家赵谦、青年科学家陈天虹,罗隆翔的《寄生之魔》里的科学家"我",何大江的《超能脑波》中的心理学科学家司空炬等都是秉持伦理道德、真正具有科学精神的科学家。他们为了家国民族、人类和平、社会进步而进行研究发明。当他们发现他们的科研发明、理论成果有可能被用于歧途时,他们就毫不犹豫地销毁这些东西。有时候,这些铁肩担道义的科学家甚至不惜牺牲自己的生命来维护科技伦理。他们的科学理想中,科技伦理与科技探索是并肩偕行的。

2. 科学家负面形象

《特种部队:眼镜蛇的崛起》(2009)里,眼镜蛇恐怖集团的大boss——终极反派科学家雷克斯,用活人做实验,下毒,卖国,暴恐,邪恶无所不用其极。雷克斯丧尽了科学家的职业伦理和社会伦理,也沦丧了人性,成为一个科学的怪物、人类的怪胎。《生化危机:恶化》(2008)中,科学家爱德华·亚西福特与奥斯威尔·斯宾塞发现了一种能使人变成丧尸的病毒——"始祖病毒"。于是,他们俩开办了制药公司,继续研发生物病毒,与美国勾连,大发不义之财。"始祖病毒"在美国军方手里出现泄漏,迅速扩散,许多人感染病毒后变成丧尸。这样的负面科学家形象,只掌握科学手段,没有一丝一毫道德伦理。大众对精深的科学研究无知无感与无能为力,科学家因其自身在专业领域的超拔出群,如果自身的职业伦理操守出现问题,对社会发展、人类安全、地球生态都可能是毁灭性的打击。

《奇爱博士》(1964)里,前纳粹科学家、现美国总统顾问、核战争狂人奇爱博士,他为自己有机会参与毁灭地球而兴奋不已。斯普拉格·德坎普的《审判日》(1956)里,韦德·奥蒙特是一个疯狂的物理学家,他研究了一种能炸毁地球的核反应。当没有伦理控制的科技手段裸奔着,与政治、军事、利益博弈等裹胁在一起,就如伥鬼助纣为虐。格雷格·贝尔的《血音乐》(1984)里,弗吉尔·乌拉姆在某些方面算是天才科学家,但也是偏执狂科学家。他疯狂地研究着微生物(微小智能生命体)和生物芯片。公司勒令他销毁不当科研行为的产物,但是弗吉尔·乌拉姆偷偷地将微生物(微小智能生命体)注射进自己体内。殊不知,真正的异形改变了人类,带来颠覆性的灾难。

秋山的《消灭机》里,发明家哈味发明了消灭机,拍摄物品和人就会使得被拍摄者消失。再拍摄一次,物品和人又会出现。1920年10月26日,哈味操纵消灭机将内务大臣给变没了,世人恐慌。"我"和哈味到处拍摄,使得越来越多的人和物品消失。哈味兴奋过度倒地身亡,"我"成了唯一的世界之王。但是"我"不知道消灭机里的"魄片"只能使用一次就失效。最后"我"被警察抓住,咎由自取被判了死刑。顾均正的《变性》里的倪博士,潘家铮的《偷脑的贼》里的科学家陶辛斋都是自私自利、心怀鬼胎的反面科学家典型。他们在小说里都落得可悲的结局,倪博士被杀死,陶辛斋变成白痴。这些科学家代表着某种伦理思想,代表着对责任伦理的讨论,同时也是伦理争议话题的代表。

《神秘博士》里"达莱克斯的起源"一集(1975)中,神秘博士被要求将主要敌人扼死在摇篮里。神秘博士陷入伦理挣扎。预防杀戮就得提前杀戮,止息战争就得提前屠杀吗?自以为伦理正义就能施行伦理丧失之行为吗?科学家对自身在科技实践活动中的责任伦理多保持一份反思,科技实践成果惠及人类社会就多一分希望。

(二)非科学家形象与科技伦理责任

1. 能力越大,责任越大

《地球停转之日》(2008)里的克拉图,《黑客帝国》(1999)里的尼奥作为人类的救世主角色定位,都秉承了"能力越大,责任越大"的伦理责任。克拉图有点特殊,他本来的使命是外星文明派来地球上拯救地球、消灭人类的。因为人类的傲慢与残暴,地球上的物种纷纷灭绝,外星文明"联合国"决定备份储存地球物种,然后消灭人类。但是因为种种因缘际会,人情人味的感动,克拉图决定扭转人类被消灭的命运。克拉图与尼奥都具有超能力,他们的选择、作为对人类命运都有决定性影响。在科幻作品中,作者与受众对他们都有很高的伦理期待:无私无畏,扭转乾坤,为了人类,倾尽所能。

科幻电影《中国超人》(1975)里,中国超人雷马为了保护人类,与来自冰河时代的一批怪物几番决斗。闪电拳,风火弹,追魂腿,太阳甲,这是中国超人的独门绝技,融合了科幻与武侠元素。雷马原本是太空科学研究所的一名研究员,正义感强,勇毅果决。当人类面临冰河时代怪物的威胁时,雷马与太空科学研究所所长刘英德教授合作,将自己打造成中国超人,担起了保护人类的责任。

2. 亲情为重,守护地球

科幻电影《铁甲钢拳》(2011)描写在未来社会,人们通过操控机器人在角斗场上搏击,代替过去的人类拳击比赛。亚当、吵闹小子、地铁、奇袭、金拳头、宙斯、双城等就是这样的搏击机器人。前拳击手查理·肯顿原本是出色的拳击运动员,但在一场机器人搏击比赛中输掉了,导致他一蹶不振。查理·肯顿一直不善于跟家人相处,对他11岁的儿子马克斯也疏于照顾。现在查理·肯顿输掉了比赛,反倒有时间陪伴儿子。在父子俩磕磕绊绊的相处中,父子的感情越来越自然温馨。马克斯鼓励父亲查理·肯顿重整旗鼓,于是他们去废弃机器人仓库寻找零部件,想自己作出一个搏击机器人。虽然这个设想没成功,但是马克斯发现了一个废弃的陪练机器人亚当。父子俩和亚当一起训练,一起成长,亚当终于成了英雄,查理·肯顿也终于找到了勇气和亲情。

《星际穿越》(2014)中,地球生存环境日益恶劣,前宇航员约瑟夫·库珀为了守护家人和保护人类的未来,参加了布兰德教授的远航计划,为人类寻找新家园。但是,外星1小时相当于地球7年,约瑟夫·库珀不仅无法参与孩子们的成长,也未知这次远航是否有去无回。面对父亲的失踪,女儿墨菲对父亲的误解越发加深。约瑟夫·库珀为了保护其他宇航员,掉进了黑洞。此时,地球上的墨菲已经成长为女科学家,辅助布兰德教授进行科学研究。在拥有父女俩共同记忆的书房,黑洞里的约瑟夫·库珀与地球上的墨菲心灵相通，发现了拯救人类的答案。最后，墨菲已经白发苍苍，她的父亲约瑟夫·库珀终于得以返回地球。黑发的父亲与白发的女儿，共同守护了对家人的承诺。

灰狐的《招魂》里，古怪的程序员李长逸25年前丢了自己的儿子。李长逸研制了招魂程序，利用大数据还原人格，还能根据环境设定，模拟人格的成长。他已经模拟了几十个儿子的人格，来填补心中的空洞。因为亲情的关系，再加上李长逸并未害人，读者原谅了他的怪癖。陈楸帆的《深瞳》中，刑警陈默与认知心理学系学生莫可非坚守人类底线，救下了被当作基因试验品的孩子，并手刃野心勃勃的科学家欧阳。迟卉的《荆棘双翼》里，以白英为代表的人类为了种族生存、人类生存与外星种族生死搏斗。冯志刚的科幻剧本《非我虫类》里，梅杉决定为了人类奉献自己的青春年华甚至宝贵的生命，去追踪威胁人类的星兽。

二、 科技踏涉意识

近现代以来，科技的迅猛发展、日新月异，乱花渐欲迷人眼，让近现代直至当今社会的人们迷惑于欲望的诡谲。科技的强大威力，科技的数据逻辑，科技的理性幻象，对人类社会带来潜默的威慑与服从。科技存在有着某种隐秘的、不为人知的统摄能力、治理方式。科幻文学里充满着科技崇拜与伦理崇拜的较量。科技崇拜的生存样态、心理样态与伦理崇拜的生存样态、心理样态，极端化走向科技拜物教与伦理卫道士。哲学言说面对科技威治，难以形成畅达的对话机制。科技实践使人沉迷难以自控。科技实践的不断发展持续升级人们的欲望。欲望的不断升级持续挑战社会的伦理道德。科技制造了欲望，欲望没有止境。欲望又刺激新的科技实践。欲望也尝试突破伦理，伦理如何规训？如何以哲学维度实现挣脱科学维度迷恋之下的欲望枷锁？科技实践在社会生活中满足了人们的需要，同时它也成了一种具有统治力量的存在。

科技实践的价值是具体而显而易见的，科技风险、伦理价值是抽象而难以觉察的。科技存在的拥有者，科技实践的施行者，在很大程度上拥有支配社会的权力。科技成为权力与财富的象征，成为计算一切、调配一切、处置一切的权力与能力，成为权力的权杖、

第三章 科幻文学的科技伦理主题

财富的财鋆。科技景观阉割或试图阉割某些伦理。人们依然沉迷在科技存在与科技实践的世界中。科技踏涉意识造成人的异化。仅仅从科学维度,是无法摆脱科技拜物教的。仅仅从伦理维度,也是无法摆脱伦理卫道士的。只有真正将科技实践与科技伦理结合起来凝视,真正从科学维度与哲学维度多维审思,才能摆脱从单一维度出发造成的束缚。

三、责任伦理的探究

科幻文学是由人类精神生活创制而成的,但是它当然也来源于社会生活。在其社会效用和精神追求中,关键的问题是对于人的影响。这种影响表现为"社会效用"或"精神追求"。社会效用与精神追求应该结合起来解决人的生存与发展问题。科技威治不仅铺排于社会领域,也布置于精神领域。科技实践里当然蕴含着人与人的关系,只是这种人与人的关系被科技之物所遮蔽。科幻文学以精神之维的文学载体沉虑社会之维的矛盾。科技伦理在科幻文学里的反思建构,激发人们精神维度的紧张吁求,引起社会维度的机制调整。科幻文学集中地表征着近现代直至当今社会,人们的社会生存与精神样态,社会征候与精神征候。科幻文学里蕴含着人类社会进入科技时代以来的精神发展线索。科幻文学既是对科技实践社会效用及可能性的描写,同时也为人们提供了精神追求的分析角度与方法。科幻文学并不是囿于科技存在、科技实践的社会效用及其想象,而是将社会效用与精神追求看成有机整体,精神维度的科技伦理反思建构才是科幻文学真正的致思源泉。对于科技存在、科技实践的社会效用展现及其想象,也是在科技伦理或隐或显的背景里进行铺排与深化。科幻文学能承担表述科技实践、表达科技伦理的功能。

科技伦理在科幻文学里的反思建构,以文学为舞台,演练着科技实践与科技伦理的对话可能。科幻文学生动而自然地邀约读者、观众一起凝视科技实践与科技伦理的关系,审思人类社会科学维度与哲学维度的生存。人们的精神世界与社会生活密切关联。科技伦理在科幻文学里反思建构既是社会分析,也是精神分析。在社会维度与精神维度的共同推动之下,科技伦理实现在科幻文学里的反思实践与建构策略。科技伦理在科幻文学里的反思建构,典型而凝练地反映了科技社会里人与人的真实关系、科技景观取代现实社会。科技成为一种隐秘的权力。科技对社会维度的影响愈大，其对精神维度的控制愈强。在强大的科技社会里，任何一个角落，任何一个部分，都难以防御免疫于充满权力意味的科技侵袭。现实社会是形成科技崇拜的主要时空，社会生活是强化科技权力的主要进路。科幻文学是形成科技伦理的主要场域，反思建构是深化科技伦理研究的主要途径。科幻文学助推科技伦理冲涉现实社会，进入社会生活。科幻文学是联结社会维度与精神维度的桥梁，而桥梁联结起此岸与彼岸。责任伦理的价值理性，是科技伦理当中的关键内在因素。科幻文学对科技伦理的反思建构，探究着科技实践主体的责任伦理，改变着现实社会里科技景观的布局。

第四章

科幻文学的科技伦理建构

"世界的尽头,有美丽的星光。"① "在下班的途中,仰望星空。"② 科幻文学是最适于反映科技权力、影响与科技伦理之间关系的文化载体。200年的科幻文学发展史,科技所带来的伦理问题确是科幻文学研究的重要切入点与落脚点。科幻文学史与科技伦理发展史一同证明了,科幻文学对科技伦理的超前预言常常领先于科技伦理学的进展。科幻文学里的人物、故事、意象往往引起科技伦理议题的热议与论争。科幻文学中的科技与反科技,激发了科技伦理的调节与纠偏功能。科幻文学热点不断反射科技伦理议题,科幻文学史持续映射科技伦理发展史。科幻文学是描述性的。科技伦理是规约性的。科技伦理的规约性常常由科幻文学描述以后形成共识、生成建构。科技伦理的抽象构建在具体化的科幻文学里变得具体。科幻文学可以通过叙事实验、思想实验表达和探索科技伦理。在持续的伦理抽象与文学具体的辩证关系中,科技伦理与科幻文学影响着生活和科技的发展。科幻文学的故事不仅是特定伦理观点的写照,更是对其进行具体的文学预演。科幻文学为科技现象、科技伦理提供了价值的场景。科幻文学常常以讽喻的形式来设定科技伦理。科学在一定程度上探索着人类的认知边界,技术在一定程度上施行着人类的实践边界,而文学在一定程度上磨砺着人类的人文边界,伦理则在人类的一切行为当中规约着价值的边界。

---

① 何夕. 王晋康:科幻界文学原教旨主义者[M]. 北京:电子工业出版社,2013:序言.
② 尤蕾. 刘慈欣:好的科幻,让你仰望星空[J]. 小康,2016(1):26-30.

第一节 科幻文学想象预判科技伦理前景

一、对科技图景的超前预言

"昨日的科学幻想已经变成今日的科学事实"。① 科学的求真创新，文学的奇思妙想，使得科幻文学天然地具有一定的先验预言性质。科幻文学里对科学技术的大胆预言，一方面满足了科幻文学文体的惊异感、疏离感需要，另一方面激发了科学研究与科技事实的发生。现代潜水艇的发明者西蒙·莱克说，"凡尔纳是我生活的总导演"。② 凡尔纳小说里想象的潜艇就叫"鹦鹉螺号"。阿道司·赫胥黎克隆题材科幻小说《美妙新世界》（1932），比德国生物学家汉斯·斯佩曼提出的动物克隆设想早6年。威廉·吉布森的《神经漫游者》（1984）里预言的互联网、虚拟现实、赛博空间、人机合一技术形态，现在都已经成为科学事实和生活现实。阿瑟·克拉克的《太阳帆船》（1972）预言的太阳风动力飞船，2005年美俄已经联合试验成功。阿瑟·克拉克的《天堂的喷泉》（1979）设想的通天电梯、太空一游也将实现，2000年美国宇航局发布太空电梯的21世纪规划。③ 科幻文学中对科学技术的超前预言，可以说是科学界的皮格马利翁效应（罗伯特·罗森塔尔1968年提出）。科幻作家托马斯·瑞安曾经写过一部设想"计算机病毒"的小说：《P-1的春天》。④ 小说发表于1977年。托马斯·瑞安猜想计算机病毒就如生物病毒一样能够传染，当然它传染的机体是非生物体的计算机。计算机病毒将给计算机与人类社会都带来灾难。计算机病毒的设想出现在科幻小说里的时间是1977年。而现实里真正的计算机病毒正式出现于1983年11月。⑤ 当然，不可能要求科幻文学对科学技术的超前预言

---

① PARRINDER P. Learning from other worlds: estrangement, cognition, and the politics of science fiction and utopia [M]. Durham: Duke University Press, 2001: 14.

② 杨越江."太空漫游"：让我们再次仰望星空 [N]. 中国教育报, 2013-07-15 (9).

③ 同②.

④ 凌晨. 科幻与未来, 有时只隔一条时间之河 [N]. 科技日报, 2017-01-12 (4).

⑤ 赵宇. 浅谈计算机病毒 [J]. 才智, 2009 (4): 128.

第四章 科幻文学的科技伦理建构

全都一一对应实现。但是,未来的科学技术形态,一定会在回溯科幻文学时碰到似曾相识的格局与资材。这也在一定程度上要求科幻文学尽量在科学体系、科学方法上实现自洽,尽量避免明显的逻辑硬伤。多年以后的人类或许也会认为科幻文学预言了他们的生活。在某种意义上,科幻文学是一种未来史或未来现实主义。2019年10月,乔尔·利维(Joel Levy)出版了 Reality Ahead of Schedule: How Science Fiction Inspires Science Fact (《现实提前兑现:科幻文学如何激发出科学事实》)。① 该书认为:历史已经证明,科幻文学能激发科学想象、科学事实。引人入胜的科幻文学启迪着人类的科学想象,进而可能达成科学事实。科幻文学允许我们暂且作为思想的行动者、行动的思想者。即使我们暂且没有能力实现科幻设想的梦想,我们可以保留、传承科幻的火花,终有证实或证伪的时候。科幻与科学是互利的,科学能从科幻里汲取灵感、吸纳思想,科幻能从科学里找到线索、凝练主题。其实,人类,存在,地球,太阳,宇宙……这些本身难道不就很科幻吗?

一般大众虽然对科技伦理从理论上、研究上比较疏离陌生,但是科技伦理透射出的精神内涵是与大众心有灵犀一点通的。生命伦理、生态伦理、生存伦理、责任伦理,这些是科幻文学的常见主题,这些也堪称是科技伦理的核心内涵,也是大众从日常生活经验和人生感悟就能切实关心的伦理问题。科幻文学为科技伦理和一般大众之间提供了一个场域,以人类长久以来就熟悉的文学形态呈现关于科技伦理的文学叙事,引人入胜又引人深思。科幻文学,这真是再好不过的、鲜明生动的、引起大众关注科技伦理问题的载体形式了。

期冀科技反思科技,科技伦理反思科技伦理,这在理论上与实践上都非常困难。而从科技哲学的视角,以科幻文学为载体,为反思与建构科技伦理提供了非常丰富的场域。通过对科幻文学的哲学研究,探究生命伦理、生态伦理、生存伦理、责任伦理,探讨科技发展与伦理诉求的关系。通过科幻文学的游乐园与试验场,探索科技发展的可能性与伦理承受的边界性,反思科技发展对人类生命、生活、生存的影响,研究人在科技发展中的主体伦理责任性,尝试

---

① 武夷山. 科幻是激发想象力的不二法宝[N]. 中国科学报,2020-09-17(7).

从哲学、人文学的角度关怀生命与存在的终极真谛。几乎所有的科幻文学都沉淀着对生命哲学的思索与科技伦理的探究。

科技在发展，势必影响科技的使用者——人——及人的生活场景自然、社会。近现代以来，科技的力量越来越无孔不入，人从蒸汽朋克的机械式生存走向博客空间的数字化生存，未来或许进入高浓度科技配比的科技乌托邦化生存。科技的发展也刷新了、偕行着伦理的认知，有时甚至是裹胁了、迫使着伦理的变动。在科技与伦理的相生相映过程中，是科技根据伦理的要求随时退避三舍，还是伦理按照科技的进展即时改换门庭？人类对这一问题进行了长期的、纠结的论争。科幻文学以妙趣横生的文学手法记录了、推进着、预言了、调节着科技伦理的建构。科技越发展，科技对人的影响越大，科技伦理问题就越迫切。科幻文学在文学空间预想、展演了科技发展的可能性与对人类影响的伦理效应，并提出了一系列可供参考的伦理解决方案。这仿佛是对人类未来的演习，也确是对科技伦理的推想建构与案例研判。

震撼的科学叙事，冰冷的科技风险，沉挚的伦理关怀，人类一方面想掌握科技发展的规律，控制科技带来的风险，另一方面期冀相对稳定同时也在变动着的伦理不至被碾压崩溃。深具人文关怀之心与效能的文学，与科学思考、探索结合起来，推动建构科技伦理的平衡发展。尊崇科学，但有敬畏，知其所行亦知其所止。科学既美亦怖，这也恰是科幻文学既带来神奇感、惊异感的阅读快感，也带来后背发凉、汗毛直竖的阅读体会的深层原因。科幻文学本体与效能，在科技伦理建构中勇担责任、未辱使命。科幻文学一方面将科技深奥专业的一面进行文学解构，转化成人物命运、故事走向、意象设定；另一方面，科幻文学将科技的风险性、未知性进行伦理建构，引起伦理话题、论争、热议，激发伦理调节。

刘慈欣的《三体》系列（《三体1　地球往事》《三体2　黑暗森林》《三体3　死神永生》）、王晋康的《活着》系列将科学与人类捆绑为一体，共同对抗生存危机。科技来自于人的探索，科技伦理亦来自于人的思索，两者相对才有意义。刘慈欣的《三体》系列、王晋康的《活着》系列都努力打破科技与伦理的对立格局，试图呈现科技与伦理形成合力共同支撑人类在宇宙中生存下去的图景。或许在宇宙的背景下，人类所掌握的科技与伦理都不足以支撑自身生存下去。整合科技与伦理的双重力量，为探索人与科技、人与伦理、人与自然、人与社会、人与宇宙、人与存在的关系，献上了科幻+文学 1+1>2 的哲学沉思。

科幻文学中对科学技术的超前预言，往往体现了人们对科技力量、科技正效用的满怀期待或谨慎翘首。而科幻文学中对科技伦理的预设认知，则常常表达了人们对科技风险、科技负效用的隐约担忧和提前预警。有人或许认为前部分是乐观主义，后部分是悲观主义。其实，既不是乐观主义也不是悲观主义，或许可以称之为"全观主义"。对科技的期待，与对科技的审慎，是科幻文学的一体两面，也是一般大众的正常心理。科技的发展带来正负效应，正效应让人类狂喜，负效应能使人类崩溃。但是，"科技号"航程已经启航无法返航。人类的发展之路只能前行无法后退。即使我们心存忧惧，也只能继续在宇宙当中航行。我们能做的是随时校准航行，充分准备能源材料，增强人类的预判与应对能力。

二、对科技伦理的预设认知

艾萨克·阿西莫夫的《我，机器人》（1942）里首次提出的机器人伦理三定律，[①] 表达了一种伦理期待，预设了一种伦理认知，也逐渐成为科幻文学与科技伦理形成共识的伦理规范。科幻文学中对科技伦理的认知，深深地影响了读者，在读者的心里种下了一颗伦理的种子。但是，科幻文学不是科普作品，也不是科技伦理学本身。这种伦理认知，不是以理论论证的形式说服读者，而是以身临其境、感同身受的文学形象、文学情感影响读者。它能帮助人们在科学实践与现实生活中找到伦理建构之路。

夏笳的《百鬼夜行街》（2010）里所谓的鬼街，是一座主题游乐场。街上的鬼其实都是人造仿生人，但又有人的灵魂。鬼街上最美丽的女鬼小倩，收养了遭遗弃的人类婴儿，取名宁哥儿。作为鬼街上唯一的活人，宁哥儿与鬼怪们相处融洽。直到有一天夜里，宁

---

① 董静. 你应该知道的机器人发展史 [J]. 机器人产业，2015（1）：108-114.

科幻文学的科技伦理审视

哥儿听到燕赤霞和小倩谈话，才知道自己不是真正的人类，而是另一种更加以假乱真的机器人。他长到7岁时就停止生长了，也就是说他将永远是7岁的大人，永生的小孩。他与鬼怪们一样，都是由人类所造，却又遭到人类遗弃的玩物。突然有一天，一群钢铁蜘蛛来到鬼街，拆毁鬼街建筑，嚼碎鬼怪。人类不再需要鬼街了，这个地方将不复存在。燕赤霞为了保护小倩，被蜘蛛嚼成了碎渣。宁哥儿挺身而出对抗蜘蛛，蜘蛛将宁哥儿的头砍下来，咀嚼他的身体。突然之间，所有的蜘蛛都不动了。原来它们把宁哥儿当作是人类，按照指令，机器人不能伤害人类，一旦违反，它们的程序就会瘫痪。宁哥儿牺牲了自己，拯救了鬼街的小倩和鬼怪。小说以对机器人预置的伦理，完成叙述转折。

儒勒·凡尔纳的科幻长篇《从地球到月球》（1865）里，凡尔纳没有让月球发射器在月球上着陆，因为凡尔纳根据当时的科技水平无法想象月球发射器如何返回。凡尔纳以坚定的伦理良知规约自己的科学想象，只是让小说里的旅行者"环绕月球"（1870）。20世纪50年代，艾萨克·阿西莫夫的《基地》系列，设想了一种宇宙星球的发展存续蓝图：盖娅星球。盖娅星球的生存模式是所有的生命形态与非生命形态平等有序、和谐有机，作为一个生态共同体在宇宙中存续。20世纪60年代，英国科学家詹姆斯·拉伍洛克提出了一种科学假说：盖娅假说。假说的内容与科幻小说里的盖娅星球非常接近。盖娅星球与盖娅假说都传达了一种相通的生态伦理：人与自然和谐有机，人与其他生物平等有序。一二百年前、几十年前科幻小说对科技伦理的预设认知，依然在影响现在的科技伦理观念与体系。

三、科幻的"正确"与"不正确"

拉里·尼文的科幻小说《环形世界》（1970）曾因广大科学家认为其中反映的科学原理不正确，小说受到较强烈的批评。罗兰·艾默里奇导演的科幻电影《后天》（2004）也曾因电影中宣称的温室效应引起冰河世纪再临受到科学家的批评。科幻文学不允许出错吗？或者说，科幻文学里科学瑕疵可被允许的限度在哪儿？法国科幻文学家于尔·维恩写过《月球旅行记》，想象人可以借助大炮发射的炮弹作乘舱到月球。这显然是不可能的,存在一系列技术错误。后来,航天科学之父康斯坦丁·齐奥尔科夫斯基曾经说,他正是受到于尔·维恩科幻小说的启发进而研究修订了航天理论。① 科幻文学容许出错。文学家不是科学家。科学家也可能出错。于尔·维恩描写大炮发射的炮弹到月球时还没有火箭发射的理论。科幻文学家可以勇敢地想象科技发展的可能性以及带来的风险性。于尔·维恩以小说揭示了人类能够通过科技手段登上月球,具体的技术问题还得需要科技专家来完善。科幻电影《后天》宣称温室效应引起冰河世纪,或许在科学家看来是错误的。但是它引起人们对生态危机的关注和伦理自净,温室效应等科学问题也是得需要科技专家研究。

科幻文学里的科技造物、科技形态未必都符合科学理论、科学实验,也未必都能在现实世界里应验成实。科幻文学只能基于一定的科技发展水平对未来科技发展形态进行设想,但不能保证这种设想是"正确"的。我们现在看19世纪20世纪的一些科幻文学作品,或许不怎么觉得石破天惊,但是在当时的科技发展水平基础上,作出航天飞船、水下潜艇、太空电梯、登上月球、克隆人、人造人、机器人、人工智能等科学幻想,对于作者和读者都是一种想象力的极大挑战。有些科学幻想,在当时看是"不正确"的,随着社会的发展,科技水平达到了某种程度,曾经"不正确"的幻想变成了科学事实。曾经在当时看起来是"正确"的幻想,经过多年科技发展,依然可以证其伪。科幻文学归根结底是一种文学,不是科学实验,不是科学理论。科学的问题终归要由科学的方法来解决。科幻文学不能为科学提供公式、方法论、流程图、实验步骤。它对科学的"预言"、促进作用是间接的。这种促进作用是真实存在的。科幻文学对于科学的贡献在于,启发科学想象与思路,即便是"不正确"的科学想象,也可以交给科学的方法来证伪纠错。从这个角度来说,科幻文学是认知性的。科幻文学具有创新性、超前性。创造性的幻想是一种创新能力,或者说是创新能力的起点。从科学幻想到科学求证再到科学事实,这个过程反映了假设—求证—验证的逻辑链条。

---

① 郑文光. 谈谈科学幻想小说[DB/OL]. 中国作家网. [2021-04-23] http://www.chinawriter.com.cn/n1/2021/0423/c404080-32085766.html.

科幻文学的科技伦理审视

科学幻想对未来的预判，要经过求证、验证的环节。大胆的科学想象力是科学与文学共通的创造力。科幻文学更重要的作用，依然是对科技伦理的研判、反思与建构。从这个角度来说，科幻文学是批判性的。科幻文学归根结底是文学不是科学。虽然科幻文学具有一定的激发科学灵感、凝练科学思想的作用，也具有一定的科学普及宣传、科技素养教育功能，但是科学普及宣传、科技素养教育不是科幻文学的必修任务。科幻文学的"科"不必绝对正确，不须论证完整。科幻文学的"科"是科学原理、科技元素、科技伦理。科幻文学作品毕竟不是科学著作、科学论文、科学报告、技术分析。科幻文学的妙处就在于"科""幻"。作者保持对探索求真的敬畏感，读者读出对探索求真的惊异感，这样的文本互动即为科幻文学。科幻文学既有预判性，更有批判性。它以对未来预判演习的方式，警示批判我们现实的生活。科幻文学中科幻的"正确"与"不正确"，都在警示人类为好的或坏的未来作出准备，而这好的或坏的未来，来自于现在的人类"正确"与"不正确"的选择。因为过去，所以现在。因为现在，所以未来。

第二节　科幻文学表达构建科技伦理议题

科幻文学书写的是人与科技、科技与人之间的关系。可以说，科幻文学中涉及的人物、故事、意象都反映了科技伦理。美国哲学教授拉菲尔开设了"通过科幻小说学哲学"的课程。① 在一定意义上可以说，科幻文学通过对科学的文学叙写进入哲学境界的伦理思考。韩松认为，"现实比科幻还科幻。"科幻小说是现实主义文学的一种，本质是反映现实，描写人和人性最深处的秘密。②

一、人物命运引起科技伦理热议

先说一说叶文洁这个人物。刘慈欣的《三体》中的天体物理学家叶文洁，因为对人类失望，选择背叛人类，诱使外星力量毁灭人

---

① 王力可. 科幻：想象创造价值 [N]. 光明日报，2013-06-05（12）.
② 彭晓玲. 科幻作家韩松：幽闭才是世界的本质 [N]. 第一财经日报，2016-08-26（A13）.

第四章 科幻文学的科技伦理建构

类。有心之失？再说一说程心这个人物。刘慈欣的《三体》中的航天科学家程心，由于她的错误选择，地球和太阳系被毁灭，她成为最后两个幸存者之一。无心之失？这两个人物的命运引起读者对责任伦理的热议。她们的做法是对是错？一时难以定论。有的读者喜欢她们，有的读者讨厌她们，也都是出于读者各自的伦理立场和趋向。曾经的叶文洁对宇宙、对未知充满了好奇。但是，人类社会的种种不如意，人性的阴暗之处，伤害了叶文洁的家人和叶文洁。从此，她对人类、社会、宇宙的观念都改变了。她选择故意暴露地球的坐标，使得弱小的地球在宇宙森林中裸奔，从此人类走上彻底灭亡的命运。另一个角色程心偏于懦弱纠结（这也是常人常态），但是阴差阳错亦或是命里注定，她成了掌握地球命运的执剑人。程心作出了几次错误决定，在某种程度上加速了人类被高级别文明体毁灭的命运。而另一个角色罗辑一开始贪图享乐安逸，对世事玩世不恭一味逃避，随着罗辑认知到自己与地球同命运共存亡之时，他勇担责任，尽力延缓了地球人类被灭亡的命运。后来，罗辑进一步升华了对人类、对地球、对宇宙的认知，提出了以黑暗森林为核心的宇宙社会学理论。背叛责任的软弱者，读者将其视作伦理的低势，并且对其纠结的行为选择既恼恨又怜悯。勇承责任的坚强者，读者不仅将其视作伦理的高地，而且在情感上也越来越钦佩喜欢罗辑。

小詹姆斯·提普垂的《被插上插头的女孩》（1973）中，女主人公博克是"世界丑人"，她卑贱的身体必须隐藏起来，她宁愿让自己怪异的身体置于高科技壁橱中，而她的思想则通过远程控制美丽但没有灵魂的德尔菲的克隆躯体来实现。德尔菲有天使般的容颜，但如果没有人远程控制，她不过就是一株植物。博克愿意牺牲一切拥有那个美丽的躯体，因为在注重形象的未来社会里，躯体就是一切。博克爱上了一个年轻人，而这个年轻人把她当成了美貌的德尔菲，也爱上了她。但是，当年轻人面对博克的真面目时他惊呆了。最后博克和德尔菲郁郁而终。博克的命运，德尔菲的命运，同样牵动人心。作者赋予两者同样的伦理关怀，二人各有各的悲剧。当看到两个女孩最后的结局如此悲惨，人们不禁对生命的尊严深深沉虑。

郝景芳的《北京折叠》里，被分成三个空间各自生活的城市居民，几乎过着井水不犯河水的生活。空间错层，时间错落，人生错位。权贵者位于第一空间，中产者位于第二空间，底层者位于第三空间。而对于第一空间和第二空间的人来说，第三空间的人几乎没有存在的必要，科技的力量完全可以取代第三空间的劳动。是第一空间的"恩赐"留下了第三空间，给底层者生存的机会，并让底层者扮演机器人的角色。在第一空间的认知里，机器人才应该是第三空间的主体。第三空间底层者的命运牵动着读者的心，引起伦理热议。以机器人为代表的科技力量对第三空间的全面取代，是否已经完全抹煞了人类劳动的价值、人生命存在的意义？

科幻文学所反思的这些伦理问题，造成其困境与矛盾的根本原因在于，科技的发展速度远远超过人类的伦理疆域。而且，随着科技的发展，人类认识世界、改造世界的实践能力不断增强，科技形态与伦理价值的冲突越来越显明。是信马由缰任其驰骋，还是画出赛道按规奔跑？人类社会的健康持续发展，必须认真考虑科技事实与伦理价值的冲突。科学负责对现象和本质进行理论解释，技术负责对科学与实践建立联系，伦理负责对"好与坏""对与错"进行判定。科技的发展为伦理价值提供了不同以往的物质基础、规制对象。伦理价值的评判也在影响着科技的发展方向和速度。人类的生存与发展，社会的存续与进步，都不能离开物质的力量与精神的力量。近现代以来，科技形态与伦理诉求的矛盾发展，共同深深地影响了社会面貌、人类风貌。科技形态的泛滥，科技手段的铺开，使得人类的身体机能、情感、伦理、认知、审美、创造等都产生了异化。科技裹胁着人类完成了对政治、经济、文化、社会、思想的全方位入侵。

二、故事走向引起科技伦理论争

在科技参与度和权重日益增强的现实背景下，人类的一切活动几乎都打上了科技的烙印。人与伦理、人与自然、人与社会、人与宇宙、人与存在的关系等等，都闪现出科技的身影。人定胜天曾是人类梦寐以求的生存理想，在科技之力的加持下，人类在一定程度上敢于宣布人定胜天了。但是，自然发展的走向、人类前行的脚本，必然如人所愿吗？王晋康的《十字》描写了人类改写、逆转自然规律，1979年"消灭"了天花病毒后，人与自然的故事走向潜流暗涌。当人类自以为战胜了病毒，殊不知病毒真空带来的免疫真空多么恐怖。当美国恐怖分子散布高浓度天花病毒时，人类面临毫无抵抗力、甚至可能灭绝的大灾难。女主角梅茵预判了这种危险性，回到中国进行低毒化天花病毒试验，最后粉碎了美国恐怖分子的生物恐怖袭击。医学进步、生物技术发展、科技手段更新，在隔绝自然、控制自然方面威力愈增。但是，这种多重科技力量加持下的人的免疫屏障与治愈效果，却带来了未来更加深不可测的医疗崩溃风险与人类在科技加持下机能默然退化的矛盾。人类以为凭借科技的力量管住了自然，但是自然手中的王炸还没有出牌。科幻文学中的故事走向，我们读完全本定会了然于心。人与自然的伦理关系，有没有写定的脚本？科学的负效应与它的正效应差不多一样多。但是，人类社会已经步入科技轨道无法回头。我们能做的只是尽量保持运行的平衡，克服已有弊端。告别傲慢与无知，敬畏自然，别随便挥起科技的武器对自然耀武扬威。科技是为了优化人与自然的关系、促进人类持续发展而生的，不应该反其道而行之。扬弃人类自以为至尊、践踏其他物种的无知自大，施行整体生态主义，在理解人与自然的伦理关系的基础上更好地理解科技伦理。

魏雅华的《温柔之乡的梦》《神奇的瞳孔》《与机器人离婚》等科幻作品在当时引起强烈的伦理论争。《温柔之乡的梦》（1981）中"我"是个科研人员，课题是找到元素周期表上的109号元素。根据法律规定，"我"到环球机器人公司购买了一台美艳温柔的女性机器人丽丽作为妻子。机器人妻子完全遵守机器人三定律，对"我"百依百顺。同时助长了"我"的恶习，工作不尽心，懒惰且暴躁。距离发现109号元素近在咫尺，可是"我"却酿成大祸。机器人妻子被醉酒后的"我"命令烧毁了研究所数百名同事共同努力的成果资料。"我"被判刑三年。"我"强烈要求与机器人妻子离婚，将她起诉到法庭。故事一波三折。读者讨论机器人妻子是否物化女性；主人公"我"自己酿成大祸责任在自己，机器人谨守机器人伦理，"我"无权责怪机器人；因为自己的错误过失，却咄咄逼人与妻子离婚（即便是机器人妻子），主人公"我"道德沦丧。故事走向引起

科幻文学的科技伦理审视

科技伦理论争，围绕这些伦理论争，人们关心着文学叙事，反思的是现实伦理。

科技的威力让人们折服，近200年来人类社会凭借科技的加持取得突飞猛进的发展。人们也曾经为科学的求真探索、技术的实践改造高呼叫好。但是，科技创造丰富的物质财富的同时，也产生了生态恶化、人的异化、伦理困境等一系列严重问题。而此时，人们发现面对科技的排山倒海，人们还并未在伦理反思与建构方面做好充分的准备。两次世界大战的爆发、核威慑，更使得人们恐惧于科技手段僭越伦理价值的现代图景。人类面对自然，主要凭借科技手段进行改造。人类面对自身，主要依靠伦理价值进行调整。人类面对社会，综合来看是以伦理价值与科技手段一起进行规制。科技手段的目标是达成既定结果，手段—过程—结果这个流程中不考虑人的伦理价值。它追求的是效用、效率、效益。伦理价值追求的是人的幸福、人的价值、人类精神。科技认为自己接近真的真理。伦理认为自己接近善的真理。科技手段极大地满足了人类的欲望：物欲、贪欲、控制欲……科技形态越来越内化于人，人越来越像机器、程序。科技手段投喂着人，作为主体的人越来越物化。科技形态的强大威力，不仅压迫着自然生态、其他生物，也压抑着人的主体性、能动性。在人与科技的关系中，人应该成为主体，发挥人的主体性、能动性作用。在科技与伦理的偕行之中，保证与促进人的全面而自由发展应是目的。我们必须保持对科技形态与伦理价值关系的持续审视，寻找两者平衡的进路。

三、意象设定引起科技伦理话题

王晋康的《豹人》《海豚人》《癌人》《十字》等科幻小说，通过人与动物基因、人与癌细胞、人与病毒之间的关系及意象设定，引起关于人类的生存与其他物种的生存如何处置平衡关系的问题。豹人、海豚人、癌人、"病毒人"既是奇异的人物更是诡谲的意象，关于他们的出现、矛盾涉及生物学、医学、科技处置手段等方面，也涉及哲学、伦理学的思维之舵。科技对人的过度侵袭，引起对传统意义上人的本质、人伦关系进行挑战的伦理话题。人+他者杂糅成的混合意象，造成人们对科技伦理底线的质疑，对科技侵袭人类什么是度的迷惘。"请记住一切都是生命——生命。"① 生命的意象，生命存在的形态，科技对其干涉的底线是否可以无限下移？伦理对其捍卫的范围是否能无限收缩？开阔有效的伦理范围与效度，人类探讨这个话题的速度，能追赶上科技手段侵袭生命意象的速度吗？

杨平的《为了凋谢的花》（1996）以一艘绕着木星旋转的卫星飞船意象，象征了永生的寂寞与无聊。飞船里的男主人公当年被选中当试验品，注射下重生液，被意外送进飞船发射到太阳系深处。从此他一个人在孤寂的卫星飞船里绕了木星一圈又一圈，不知道多少圈，每一圈都是重复都是循环。就仿佛永生花，名为永生，实已凋谢。木星卫星飞船的意象深深地刻印在读者的脑海里，引起大家对生命长度、生命质量、生命意义、生命尊严的思考。

布鲁斯·富兰克林在《战争之星》（1988）中，指出科幻是大规模杀伤性武器产生和发展的想象推动力，科幻应对历史罪行负重大责任。科幻小说这一看似无害的娱乐形式中潜藏着意识形态的力量。比如，火箭不仅是航天运载工具，而且也是大规模杀伤武器。20世纪80年代，杰里·普尔奈尔召集罗伯特·海因莱茵、格利高里·本福德、普尔·安德森、拉里·尼文、迪恩·茵等科幻作家组成公民国家空间政策顾问委员会。他们向当时的总统罗纳德·里根提出推动战略国防项目（媒体称"星球战争"）。格雷格·贝尔在2001年科幻国际会议嘉宾演讲中说道："科幻作家帮助火箭专家阐明他们的思想，并用罗纳德·里根能够理解的文字进行整合，他也读科幻，所以，他认可了。"②

科技和伦理，都是人类认知世界、改造世界的伟大成就。科技应该是人类的发展手段，伦理应该是人类的发展目标。以科技手段为目标置换掉伦理目标，给人类带来了生命、生态、生存的多重失衡与危机。科技手段具有高度的功利性、工具性。我们应该致力于科技手段为人类社会发展、健全人类福祉服务。这样的话，借助科

---

① 杨靖，韩天琪."我发现了"：爱伦·坡的科学世界［N］.中国科学报，2019-12-18（3）.
② 爱德华·詹姆斯，法拉·门德尔松.剑桥科幻文学史［M］.天津：百花文艺出版社，2018：344.

技手段，伦理价值能得到进一步地与时俱进，人类将更好地认知自我、完善自我。科技手段借助伦理价值的导向，将有助于更好地实现人类的自我发展、社会的进步发展。科技手段与伦理价值良好互动，共同实现人的全面的、自由的、充分的发展。科技和伦理都不应该让人类狂妄，而应该让人类谦卑地于地球之上、宇宙之中生存。过分强调人类中心主义所带来的种种恶果，应该让人类深刻反思。人类应该真切地理解地球之上的生存是人与其他物种生命的共生体系。对科技与伦理问题的持续深入研究，既是未来科技发展的应有之义，也是人类认知、反思自我，建立人类与其他物种生命的平衡共生关系所必由的伦理进路。

第三节 科幻文学传播调节科技伦理方向

一、科技存在激发伦理探讨与调节

科幻文学中的克隆人、人造人、机器人、人工智能等科技存在，既是科技的产物，也是生命的形态。无论他们是从外形上完全拟人化、类人形，还是在内在设定上越发人格化、拟人性，人们对他们的情感投射、理性认知况味复杂。科幻文学中的克隆人、人造人、机器人、人工智能等生命形态，激发起科技伦理关于类似"恐惑谷"理论的讨论。20世纪六七十年代，机器人技术从概念走到现实里，工业机器手臂开始较广泛地应用。日本机器人科学家、机器人伦理学家森政弘（森昌弘为以往误译的名字）1970年提出了"恐惑谷"理论。[①]"恐惑谷"理论认为，机器人越来越像人的形态，人就会越来越不安，甚至对机器人产生恐惑心理——恐惑的谷底。在"恐惑谷"理论的影响下，很多机器人制造商都尽量避免机器人过于人形态。对"恐惑谷"理论的讨论现在依然持续着。有的科学家认为"恐惑谷"理论是伪科学。有的研究者认为"恐惑谷"理论部分正确。阿西夫·加赞法进行过两次有关"恐惑谷"效应的心理学实验。

[①] 森政弘，江晖. 恐惑谷 [J]. 外国文学动态研究，2020（5）：85-92.

艾斯·塞金进行过一次有关"恐惑谷"效应的脑成像实验。麦克多尔曼进行过一次有关"恐惑谷"效应的视频实验。① 完全接近真实人类，跨越"恐惑谷"的机器人，目前依然只存在于科幻文学中。英国未来学家理查德·沃森认为，"恐惑谷"理论是未来最重要的五十个核心理念之一。② 森政弘认为，人类与机器人之间全新的"共存"关系，是人类向机器人学习，以机器人为师。③

莱斯特·戴尔·雷的《海伦·奥洛》（1938）中描写了一个被程序操控的完美女性机器人海伦，美貌、梦想和科学的结合体。女性机器人按照男人的要求被制造出来，实际上没有人格个性或者意志力量，只是技术成功的产物。最后，制造海伦的科学家与她过上了"幸福的"生活。而C·L·穆尔的《没有女人出生》（1944）里，描写著名演员、歌手迪尔德丽因为剧院火灾身体被毁，科学家马尔策为她设计了闪闪发光的金属躯壳。这个故事三分之二的内容都是围绕迪尔德丽是否还是女人，甚至是否还是人的问题展开，"真实"的女人和"伪造"的女人，自然真实的身体和技术制造的身体。迪尔德丽说："我不是弗兰肯斯坦用尸体造出来的怪物，我就是我自己，活生生的人，我也不是必须遵守装入我体内程序命令的机器人，我是一个有自由意志和独立的人，而且……我是人。"④

无论科技如何发展，都不应该以对人生命的冷漠、对人尊严的践踏、对人类精神的异化为代价。正是对生命、尊严、人格的至高价值评判、伦理认可、哲学书写，人类社会发展进化、追求更自由平等公正的社会形态，才有了本体论基础、主体论资格。当克隆人、人造人、机器人、人工智能等科幻文学与科技手段的共同造物，其形态高度接近真实人类时，我们期待人类的生命、尊严、人格不被其所取代。但是当克隆人、人造人、机器人、人工智能等造物在情操举止等方面越来越接近真实人类时，我们又期待以人类的伦理价

---

① 张鲁凝. 设计中的受众感知研究 [D]. 南京：南京艺术学院, 2013：22-27.
② RRICHARD W. 50 Schlüsselideen der Zukunft [M]. Berlin：Springer Spektrum. 2014：136-139.
③ 森政弘, 江晖. 恐惑谷 [J]. 外国文学动态研究, 2020（5）：85-92.
④ 爱德华·詹姆斯, 法拉·门德尔松. 剑桥科幻文学史 [M]. 天津：百花文艺出版社, 2018：243.

值规约他们,把他们看作"人"而不是工具。人们对动物生命、痛苦的伦理关怀,道理同上。因为只有当我们真正悯恤"生命"之时,我们才是生命,只有当我们悯恤"人"时,我们才是人。否则,我们也只是造物、工具而已。对每个生命保持觉察和悯恤,他们是我们心灵的回声。在科技日益强大的社会,人类需要不断地以伦理价值为指导,反思人类的生存状态和人类的价值。人类不能沉湎于科技形态,沉沦于科技手段。我们必须尽量避免科技虚拟对现实自我的侵袭,避免失去我们的认知、反思、超越能力。

二、"反科学" 引起伦理自净与纠偏

玛丽·雪莱的《弗兰肯斯坦》(1818)讲述不幸的人工制造物带来制造者的毁灭,这是反科学小说的主要叙事形式。科幻电影《十二只猴子》(1995)里释放灭绝人类病毒的半疯科学家,科幻电影《异形:契约》(2017)里团灭造物主星球居民的仿生人大卫,违背了科学家的职业伦理与机器人伦理三定律。H·G·威尔斯在核战争小说《解放世界》(1914)中,对核战争毁灭文明的远景表示了欢迎,他认为这样才能为社会重建扫清道路。科学怪人、疯狂探险者等形象在理性文明的外衣下其实深藏着虐待狂、殖民主义的心里暗流。这种"反科学"的文学叙事,在科技伦理的发展路途中引起伦理自净,在理论表述与实践规约方面使得责任伦理得到社会重视。

乔治·奥威尔的《1984》(1949)中设想了一个由电幕系统监视、监听全体国民的极权社会,辅以暴力手段,人们被规制成了统一划齐的"纯洁者"。在强大的科技形态面前,伦理价值受到挤压抑制(比如对代孕问题的伦理争论)。在科技投喂下,人类的身体机能、情感、伦理、认知、审美、创造等都出现退化。人们每天接受着资本—权力投喂的科技大餐(比如大数据技术、智能推送技术等),需求着预置的需求,渴望着设定的渴望,在享受科技生活便利的同时,不知不觉已化身为科技的一个外存终端。臣服于资本—权力为你设计出的理想的你,已经失去了主体性和自我意识。我们不能沉迷于科技所搭建营造出来的那喀索斯式虚幻水面,顾影自怜。

这是反威权、"反科学"的典型文本。小说里体现的是科技手段强化了威权主义的泛滥。

现在和未来，科学技术的发展逐步赶上并超过了科幻文学的足印，科幻文学面临想象力的危机。原本在科幻文学作品中未来感、陌生化、惊异性的科幻描写，让读者大过其瘾。但是，随着科技发展的快速前进，读者在现实生活中见到了越来越多的"科幻显形"。之后，再埋首于科幻文学，不禁觉得未来感、陌生化、惊异性大为减弱。这时候，科幻文学中的"反科学"引起伦理自净与纠偏，应该发挥更大的建构力量。不少科幻作家具有科技伦理净化与纠偏的能动意识。艾萨克·阿西莫夫提出"未来学三定律"：1. 正在发生的事仍将继续发生；2. 对显而易见的事慎重对待，因为没几个人会注意到它；3. 考虑后果。很好地规定了科幻预言的方法。雷·布拉德伯里说："我的工作不是预测未来，而是预防未来。"①

第四节 科幻文学现象映射科技伦理发展

一、科幻文学热点反射科技伦理议题

科幻文学以文本形式或文学热点形式反射社会伦理议题主要关注面，以文学加热的方式参与科技伦理讨论与建构。读者通过阅读科幻文本，注意科幻文学热点，与科技伦理议题形成互动与深化的关系。科幻文学热点与科技伦理议题常常形成书写伦理与伦理书写的关系，即文学书写伦理，伦理书写科技。

中国"科幻之父"郑文光，他的《从地球到火星》《太阳探险记》《飞出地球去》《飞向人马座》《大洋深处》《神翼》《战神的后裔》《地球镜像》等作品，形成新中国成立以来科幻文学热点，是中国科幻文学发展史上的里程碑式人物。郑文光的科幻文学作品引发了几代孩子和成年人对科学精神、科学探索、科幻文学的兴趣。新中国科幻发展史中的郑文光作品热点现象，反映出那个时代人们

---

① 罗伯特·索耶. 科幻与预言 [N]. 光明日报，2013-09-24 (12).

对科学的向往，对伦理的信赖，向科学进军的社会宣言鼓舞着人们，也影响着科幻文学的创作与欣赏。那个时代科技的伦理议题主题就是科学家勇担责任，报效祖国；普通人也要爱科学学科学，建设祖国。责任伦理占据优势议题。

20世纪50年代开始，外国科幻文学出现关于生物技术、基因工程等科技手段生人的大量作品。例如，范·沃格特的《空值A的世界》（1948），帕米拉·萨金特的《克隆的生命》（1976），C·J·切利的《赛亭星》（1988），罗伯特·索耶的《移码》（1997），科幻电影《变种异煞》（1997），斯隆茨斯基的《艾丽西厄姆的女儿》，拉里·尼文的《交错轮流的人》（1967）、《器官贩子》（1969），洛伊斯·比约德的《阿索斯的伊桑》（1986），奥克塔维娅·巴特勒异种生殖三部曲的首篇《拂晓》（1987），等等。

凯斯·哈特曼的《性、枪炮和浸礼会》（1998）中，描写了科学家发明了一种子宫内的基因测试法，许多畸形胎儿被流产掉，已经出生的非正常儿童则被丢弃到政府收容所。胎儿仿佛人们选购的产品，被剥除了亲情的牵绊。格拉海姆·乔伊斯、彼得·F·汉密尔顿的《吃里丝面包》（1998）中探讨了改变人类性生物学基础的后果。越来越多的双性人出生，社会对双性人的态度越来越恐惧和不能容忍，反双性人的法律获得通过，攻击双性人的案件不断增多。一些警官积极合谋阻止警察干预反双性人犯罪。双性人的回应是把基因科学的矛头转向那些折磨他们的人，通过里丝面包释放出导致两性畸形的质粒携带病毒基因。

产生关于生物技术、基因工程、医疗技术等科技手段生人的科幻热点，其实反映了作品背景之后的此类科学发展，引起了人们深深的担忧。生物技术、基因工程对人生育繁衍、遗传演化的干预操纵，对生命的设计、选择、丢弃、伤害，让人感觉况味复杂。人工授精、试管婴儿、人—机嵌合、生物克隆等现象，反映了科技伦理是在不断退缩后撤，还是开明进步？科技伦理是在不断降低底线，还是在拔高要求？人们追求的到底是什么？科技的发展可以任意改变人类的追求吗？科幻文学热点反射科技伦理议题。

二、 科幻文学史映射科技伦理发展史

科幻文学史与科技伦理发展史存在密切的互动关系。这种互动关系，在理论上可以成立，在历史事实中也存在大量有力支持。科幻文学史对科技伦理发展史持续映射，围绕科技伦理的时代发展，科幻文学史集簇作品聚积热潮以至于形成历史分期。而科幻文学的伦理关注往往早于科技伦理本身的著书立说。

（一） 西方科幻文学史映射科技伦理发展史概览

（1） 近代（16 世纪中叶—20 世纪初）科技伦理

近代以来，伴随着两次工业革命，两次科技革命，以及大航海的游弋，西方在科技发展与思想理论方面取得大发展。越来越多的人相信"知识就是力量""科学就是力量"。不断进步的科技，资本主义社会的深刻矛盾，这些都促使人们思考科技与伦理的关系。近代西方的科技伦理思想主要包括：探讨科技与伦理的关系，科技使人变好了还是变坏了；科技伦理得到普遍共识，科技伦理是在近代科技革命的浪潮中逐渐确定下来的；根据当时科技进展确定了科技伦理的基本准则。资本主义自身不可克服的矛盾，让人反思：科技发展是恶化这种矛盾还是有助于淡化这种矛盾？

玛丽·雪莱的《弗兰肯斯坦》（1818）可以说是第一篇探讨西方近代科技伦理的文学作品。人造怪物的诞生，揭开了科学与文学新的篇章：科幻文学出现了。惨烈的结局警示着没有伦理底线的科学创造，带来的结局就是同归于尽，伦理不存在，科学也就不存在。科幻文学首篇《弗兰肯斯坦》诞生，就切中了对科技伦理的思索与探究的要害。H·G·威尔斯的《莫罗博士岛》（1896）批判了以科学之名研究，实则带来的是虐待狂、殖民主义造成的深重伦理危机。还有一部分科幻文学反映了对科技的欣喜期待、对科技未来的向往描摹。儒勒·凡尔纳的《地心历险记》（1864）、《海底两万里》（1870），乔治·梅里爱的科幻电影《月球旅行记》（1902），阿瑟·柯南·道尔的《迷失的世界》（1912），无论是上天入地、月球旅行，还是南美探险，一批科幻小说对科技加持之下的生活充满了乐观向往。马克·吐温的《亚瑟王朝廷上的康涅狄格州美国人》（1889）以科幻的形式批判美国的帝国主义。H·G·威尔斯的《世

科幻文学的科技伦理审视

界大战》（1898）批判英国的帝国主义，讽喻火星人攻占英国与英国占领其他国家没有区别。科幻文学的发展史与科技伦理发展史遥相呼应。

（2）现代（20世纪初—1945年）科技伦理

进入现代，物理革命、化学革命、生物学革命，以及新技术革命，这些科技发展极大地推进了生产力发展，改变了人类的生活。人们生活的里里外外，人们思维的长长短短都发生重大变化。进入现代以来工业、科技发展产生的生态危机大大严重于近代社会。现代发生了两次世界大战，科技加持的杀伤性武器让人恐惧。现代西方科技伦理思想主要包括这样一些内容：人们对科技与伦理互相联系的观点基本取得共识，如何解决科技与伦理的互动关系成为大家关心的论题；科技工作者开始关注科技伦理问题，特别是责任伦理；形成了比较系统的科技伦理准则与规范。两次世界大战给全世界人民留下创伤。科技飞跃发展带给人们的欣喜，被两次世界大战的杀伤性武器冲淡了。科技武器的恐怖使用，加深了人们生存的荒诞感。

20世纪初—1945年，是机器人和超级英雄托起的科幻黄金时代。佳作频出，名家云集，很多作品对伦理作了不同侧重的反思与探问。很多科幻作品都具有风格开山的效果。卡雷尔·恰佩克1920年开创了科幻文学里的机器人主题，这一主题关涉生命伦理以及人的主体性反思。1940年，艾萨克·阿西莫夫开启了科幻文学序列中友好机器人的篇章（《我，机器人》），机器人三定律对科幻文学与科技伦理都产生了持续的影响。H·G·威尔斯的《神秘世界的人》（1923）描写了一个社会主义性质的乌托邦，其中的人都以心灵感应互相联系。之后几十年，心灵感应的科幻题材大量出现。这篇小说反思了人与社会、人与文化的互动关系，是一种生态伦理的反思。H·G·威尔斯的名作《美丽新世界》（1932）描写了一个存在于未来的科技乌托邦，"看上去很美"的美丽新世界。这部小说隐喻了没有伦理的科技入侵了人类生命、生存、生态的全部领域，人类将会怎样堕落。这些科幻作品反映出现代西方社会科技的极大发展，以及对科技伦理认识的不断深化。

这个时期还诞生了太空科幻英雄巴克·罗杰斯（1928）。另一个科幻探险英雄《飞侠哥顿》（1934）也诞生了，开启了持续近70年的飞侠哥顿系列。还有大家熟悉的《超人》系列，它始于1938年。紧接着是《蝙蝠侠》系列，出现在1939年。1941年，《美国队长》出山。能力越大责任越大的科幻超级英雄，被读者、观众寄予了良好的伦理期待。而他们作为科幻文学人物长廊中的大咖，勇于承担责任，尽力减少伦理上的瑕疵，以此赢得老少咸宜的喜欢。这与西方现代科技伦理中对责任伦理的强调暗合。

（3）当代（1945年至今）科技伦理

当代以来，伴随着第三次、第四次工业革命，第三次科技革命，科技取得了日新月异的发展。计算机、智能机器人、虚拟技术、新材料、新技术、生物科技等"硬核"科技，使现实生活仿佛科幻化了。与此同时，生态危机更加严重了，垃圾围城、温室效应、冰山消融、海平面上升、物种灭绝、日本核泄漏核污染危及全世界……《寂静的春天》那令人心碎的寂静，现在让人更加绝望。当代西方科技伦理思想的主要要点是：对生命伦理、生态伦理、生存伦理广泛深刻的关注、阐释，对战争、核灾难的警示。

《铁臂阿童木》（1952），菲利普·K·迪克的《仿生人会梦见电子羊吗？》（1968），以及1982年拍成的电影《银翼杀手》，1963年面世的《X战警》系列，吉恩·沃尔夫的《冥府看门犬的第五个头》（1972），马丁·凯丁的科幻小说《改造人》（1972），科幻动画片《机器人瓦利》（2008），持续不绝地探讨复制人、仿生人、变种人、机器人、人工智能的生命伦理。法国导演赫内·拉鲁的科幻动画《奇幻星球》（1973）中，人类被当成动物饲养或猎杀，而外星人成了人类的霸主。人与动物的身份互相置换，带来的伦理震撼是强烈的。

库尔特·冯内古特的《五号屠宰场》（1969），电影《哥斯拉》系列（1954），斯特鲁伽茨基兄弟的《路边野餐》（1972），丹尼斯·费尔特姆·琼斯的《巨人》（1966），科马克·麦卡锡的《路》（2006）描写了核灾难、战争对人性的戕害。金·斯坦利·罗宾逊的"火星三部曲"（《红火星》1993、《绿火星》1994、《蓝火星》1996），科幻电视剧《深海游弋》（1993），格雷格·贝尔的《达尔

科幻文学的科技伦理审视

文电波》（1999），尼尔·布洛姆坎普执导的科幻电影《极乐空间》（2003），哈里·哈里森的《超世纪谋杀案》（1966），特德·休斯的《铁女人》（1993），反映了当代生态危机的危险信号，探讨人与自然关系的生态伦理。丧失生态伦理，恶化生态环境，人类就是自绝于地球。

迈克尔·克莱顿导演的科幻电影《西部世界》（1973），不仅预言了人类的电子化、智能化娱乐趋势，也同时预言了科技失控的极大风险：机器人枪手不断重生，追杀人类玩家。威廉·吉布森的《神经浪游者》（1984）里的人工智能，神经浪游者和神经漫游者已经接近了进化奇点。科幻电影《黑客帝国》（1999）令人印象深刻。机器物种战胜了人类，统治了世界。机器物种将昏睡的人类豢养在容器里，就像人类饲养动物一样。黑客尼奥发现了这个秘密。他在现实世界与虚拟世界里与机器物种进行着惊心动魄的战斗。这部电影除了震撼的视觉效果，也让人在伦理领域深深思索：人，动物，机器，智能；生命，生存；虚拟，现实；醒悟，责任。秉持真实，守住伦理。

1945年至今的科幻文学出色地描摹了人类在科技压强不断增大的背景之下，无处安放的生存忧思，科技加持下的后人类人文生存。与西方当代科技实践的现实图景、科技伦理的发展趋向彼此呼应，以力透纸背的文学努力在时间之流中书写伦理的呐喊。

（二）中国科幻文学史映射科技伦理发展史综述

（1）19世纪末—1949年 新中国成立前的科技伦理

19世纪中叶，伴随着船坚炮利的侵略，西方的自然科学、科学技术文化著作也传入中国。19世纪60—90年代的洋务运动，使西方科技实物大量进入中国，让国人眼花缭乱。被西方列强侵略的痛楚，与理论上、实物上看到西方科技的强横，在国人的心中刻下深深的印痕。国人注意到科技发展与国力强盛的关系，相信科学力量与科学方法的人越来越多。一方面，当时一些学者提倡大力发展科技，强我中国，另一方面，学者也对侵略者凭着科技武器装备烧杀抢掠，非常愤慨。19世纪中叶到新中国成立前，我国因为国力不强、科技落后，一直备受欺压。这一时期我国的科技伦理，从朴素的现实认知中，看到了科技正反两方面的效应。

这一将近百年的时期，中国科幻文学表现出强烈的家国意识。面对外敌侵略、国家危亡，不少科幻小说以科幻的假想，展示中西方冲突，控诉政府的无能与列强的残暴，望国图强。帝国主义殖民者就像环伺中国、贪婪攫取的丑陋怪物。列强以船坚炮利科技之强蛮横殖民中国，一些科幻小说即假想科技强国之后打跑侵略者实现国家复兴。一些科幻小说通过乌托邦幻想，暂时摆脱家国受侮的痛苦。一些科幻小说描写了对未来武器与战争的想象。有一些小说对科学技术的发展作出想象，正面负面都有，喜忧参半。一些作品以比较乐观明朗的笔调，描写了人类的神奇科幻探险之旅。总体来看，19世纪末—1949年新中国成立前的科幻文学，既有对科技强国、赶跑殖民者的热切期待，也有对列强凭借科技强力蛮横侵略中国的愤恨；既有对科技发展乐观的想象，也有对科技风险未知难控造成人间癫狂的忧虑；既有奇幻诡谲的科技手段幻想，也有深刻沉郁的科技伦理内涵。家国伦理的沉思求路是这一时期科幻文学或明或隐的主旋律。

（2）1949年—20世纪80年代末　初步探索期的科技伦理

新中国成立初期，百业待兴，条件比较艰苦。我国科技底子薄，人们还没有实践基础与理论余力去关注、阐释科技伦理问题。一段时期内，并未形成系统的理论研究与专业的研究领域。研究的主要内容一般是科技的作用，科技发展与国家发展，科技与现代化等论题。随着我国科技的发展，特别是改革开放以来，科技伦理逐渐成为独立学科并开始反思科技与伦理的关系。反思主要围绕科技与道德，科技发展中的道德问题，科技从业者的道德规范等方面。初步探索期，科技引发的伦理问题还未在我国广泛出现，因此对科技风险的深入反思还比较少见。

此时的中国科幻文学，应和了初步探索期的科技伦理情况。郑文光、叶永烈等作家的作品都充满了昂扬自信的叙事笔调，反映了科学探索、向科学进军、建设祖国的时代精神。这些作品里的故事和人物都洋溢着明朗乐观的格调。对科学的信赖，对伦理的无忧。这一时期，即便是警惕科技负面因素等题材的作品，也充满了积极

科幻文学的科技伦理审视

的力量感与庄严感。初步探索期中国科幻文学的伦理关怀，以对科技的正面认知为主，对科技伦理相当信赖。总体来看，这一时期中国科幻文学的伦理关切比较清浅。这与这一时期我国科技伦理理论的发展情况相呼应。

（3）20世纪80年代末至今　创新发展期的科技伦理

科技伦理因科技发展而兴。随着国家经济发展，科技进步，从20世纪80年代末开始，我国科技伦理发展进入创新发展期。专门著作，专业文章，专门学科呈现勃兴发展状态。从90年代开始，有大量的文章、著作介绍西方科技伦理的思想、流派、发展等。创新发展期，中国对科技伦理研究的主要问题都已涉及。生命伦理、生态伦理、核技术伦理、宇宙伦理、工程伦理、网络技术伦理等领域，都有不少著述。

20世纪90年代以来，中国科幻小说发展步入快车道，生命伦理、生态伦理、生存伦理、责任伦理等，在他们的科幻作品里得到了充沛的、意味丰富的切入与呈现。这与中国科技伦理研究的创新发展密不可分。中国科幻小说走出了前几年的低谷，开始了复兴之路。中国科幻文学开始集中探寻科幻文学本体，以科幻文学进入多种伦理场域进行深刻探讨。中国科幻文学以更广阔博大的视野描绘和思考人类、文明、生存与科技关系的伦理进路。地球存亡、人工智能、烈性病毒等都成为科幻作家的想象对象。中国科幻文学不仅展开了一系列震撼人心的科幻叙事，而且进行了充满睿智的大胆理论想象。复兴时期代表作家的科幻作品蕴含了科技与人之间关系的多重伦理哲思。他们的写作风格饶有个性，醇熟的文学笔法持重了伦理反思的分量。2010年以来，被称为更新代科幻作家的集簇走上中国科幻舞台的中心。他们的作品普遍具有后现代意蕴，呈现了科技后人类背景下的生命伦理与生存思考。他们常常表现科技对于人的异化、科技娱乐场对人的精神腐蚀、科技强力对人生存的解构。中国科幻文学对生命伦理的关注形成热点集簇现象。科幻想象里生物科技手段介入产生的各种生命体，与人类一起演绎了生命之歌。如此密集的热点集簇，反映了随着生物科技的迅速发展，人们对其挑战生命伦理的忧思与迷惘。

第五章

科技伦理与科幻文学的互动价值

努力穿越科幻文学的现象层面,追寻科技伦理在科幻文学里反思建构的理路,溢出的或内涵的效果。科技伦理如何反思,如何建构?科技伦理在科幻文学里找到了最适宜的反思实践场域与建构策略演绎。确实经常有人轻视科技伦理在科幻文学里反思建构的事实与效果,并嘲讽"这不像科技伦理""这不像科技哲学"。但是,像与不像不重要,也没太多必要讨论像与不像的征象。反思是主题,建构是本质。科技伦理在科幻文学里反思建构,不像是嫁接,更像是科技与文学的繁育。科技伦理在科幻文学里反思建构的事实与效果,是以往被忽视的科技伦理反思建构实践,是科技与文学之间关系的典型样本之一。科技与伦理在现在、未来很大程度上主宰人类命运。科技伦理在科幻文学里反思建构,为人们提供了受众比较广泛、关注度比较高、难得的舆论议题场。科技伦理在科幻文学里反思建构,让科技伦理、科技哲学走出书斋,自然而又深远地激发了人们的审思追远,影响了人们的现实生活,启迪着人们的发展图景。近现代进入科技社会以来,社会大众正是通过科技伦理在科幻文学里的反思建构,预知、关注、了解、思考、追踪科技伦理问题。科技伦理在科幻文学里反思建构,存在危机与新机、解构与建构、对立与融合、崇拜与突破、控制与穿越等方面的互动效果。

第一节 危机与新机

一、科技伦理危机与新机的张力

科幻文学里张力着科技伦理的危机,科幻文学里叙写着科技伦理的新机。一般认为,科幻文学对科技伦理的反思是后知后觉或同知同觉。实际上,科幻文学在很多情况下完成了对科技伦理先知先觉的预判表达与建构。危机给人们带来压力与压抑感,新机给人们带来希望与向往感。当面对科技实践或明或暗地挑战科技伦理时,人们感受到仿佛外置于人的某种无能为力的疑惧感。当面向科技伦理或远或近地信赖期冀与依托,人们感受到好像内置于心的某种劫后余生的幸运感。在很大程度上,人们在不停地适应科技实践的牵拉拖拽,而科技伦理持续地适应人们的思前想后。科技的成就、科技的罪过,实质是人类科技实践的成就、欲望泛滥的罪过。科技伦理仿佛摸不着般似梦如幻,它在反思建构中吟哦着人们的集体无意识。这种科技伦理的集体无意识,源自于期待某种社会运行机制的心理经验机制。心理经验机制来自于人类生存、社会延续的经验积累在心理的沉淀。

二、 实现了科技社会的要素分析

近现代以来的科技社会中,人们感知危机、感念新机,常常与科技实践密切相关。科幻文学在很多情况下完成了对科技伦理的先知先觉。科技景观在科幻文学里集中展演,科技伦理的构筑情境在科幻文学里集中呈现。二者共同实现了科技社会的要素分析。科幻文学使得科技景观、科技伦理与人类社会的紧密关系得以集中而广泛的铺陈、凝视。科幻文学摹写着科技景观的危机隐患,探寻着科技伦理的世道人心。无论是寂静的春天还是喧哗的季节,科幻文学的书写与传播,对于科技伦理的反思建构至关重要。生存危机与发展新机时隐时现。人类生存延续、社会发展行进,渡过危机,寻找转机,营造新机。文学即是现实,或者说文学即是现实的备份。科技伦理的危机与新机的现实与可能,都普遍在科幻文学里备份存档、随时参阅。在科技伦理与科幻文学的互动中,逐渐实现了科技社会的要素分析。

第二节 解构与建构

一、解构迷雾与建构森林的账簿

近现代以来,科技迅猛发展,科技繁盛昌达的社会图景投射到人的心理运作机制,产生了科技拜物教的信徒。近现代以来的社会变迁,蕴含着科技发展的脉络与科技伦理行进的线索。科幻文学解构了科技拜物教的迷雾,建构了科技伦理的森林。科技拜物教的分析逻辑从科技形态走向科技伦理。当我们查阅科技伦理的发展史志时会发现,科幻文学在科技伦理反思建构的"账簿"上多么重要。人们的幸福需要科技发展来构建,也需要科技伦理来支撑。文学即是本质,或者说文学即是表象化的本质。科技伦理的解构与建构,都集中在科幻文学里制造运作、沙场点兵。

二、构建了理论研究的重要场域

科技实践解构科技伦理,科幻文学建构科技伦理。一般来说,科技实践有解构科技伦理突破发展的倾向。科幻文学有建构、巩固、深化科技伦理的倾向。科幻文学不仅仅是个人阅读、观赏的体验与学问,其对科技伦理的理解、表达、探索,是科技伦理问题研究与理论建构的重要场域。科学技术伦理学是2003年才经权威认定、正式公布的科技哲学名词。在此之前,20世纪80年代末,我国一些学者开始了科技伦理学的相关研究。近现代以来,科技实践的突飞猛进为人类社会营造了超现实般的生存场域、生活图景。科技存在、科技实践如此强大,形成不怒自威般的威压,让人们服从其种种运演机制。在解构与建构的张力之中,不断产生、完善科技伦理的理念、系统、体系,与时偕进。在科技伦理与科幻文学的互动中,逐渐构建了理论研究的重要场域。

第三节 对立与融合

一、科技与伦理对立融合的拟仿

科技实践与科技伦理在现实世界中往往各自为政，难以站在彼此立场深刻交流、协商共议。以科技实践、科技"超越"为唯一旨归的责任主体并不关心科技伦理。科幻文学的存在、影响，如诉如泣言说了200余年的科技与伦理命题，展演了无数场科技与伦理的生动案例。越来越多的人意识到，科技与伦理存在互相对立的一面，也存在必须合作的一面。绝然的撕裂相持、无尽的势不两立，隐喻着两败俱伤、同归于尽。在越来越复杂的人类社会变迁中，科技与伦理必须携起手来、并肩作战，为了人类的生存与发展——这是真正核心的人类社会主题。科技形态与科技伦理在科幻文学世界实现了对立与融合的矛盾统一。科技形态与科技可能性成为想象的主体。科技伦理与伦理应然性成为象征的主体。科技形态与科技伦理以文学叙写抽离于社会领域寄托为人们的希望，科技形态与科技伦理又以文学叙写进入到社会领域演绎为运作的机制。科幻文学有意无意尝试将科技伦理与科技形态的传统对立属性，发掘、描述、推动为实然融合属性。

二、形成了科技形态的价值共识

科幻文学反映了科技与伦理的对立，科幻文学促进了科技与伦理的融合。科技伦理在科幻文学里的反思建构，为科技形态敞开探索运演空间，也为科技伦理自身敞开价值追寻空间。科技形态承载社会属性，也承载价值属性。科技有时呈现社会属性的实用与价值属性的分裂。科技伦理在科幻文学里的反思建构，使得人们对科技形态的盲目迷信、对科技伦理的迷茫懵懂越来越少。僭越科技伦理而只追求所谓的科技"超越"，成为责任主体明知故犯的失信行为，成为社会大众普遍反对的不良序俗。科技伦理本身就应该是科技实践的内在要素之一。文学即是矛盾，或者说文学即是矛盾的拟仿。科幻文学里描摹的科技景观与科技伦理对立与融合，在文学的拟仿里二者的融合逐渐成为社会大众的选择。科技伦理不是与科技景观对立，而是解构和建构科技景观。在科技伦理与科幻文学的互动中，社会逐渐形成了关于科技形态的价值共识。

第四节 崇拜与突破

一、科技崇拜与伦理崇拜的角逐

科幻文学里演练着科技崇拜与伦理崇拜的角逐。科技崇拜的生存样态、心理样态与伦理崇拜的生存样态、心理样态，各有信徒，极端化即走向科技拜物教与伦理卫道士。仅仅从科学维度，是无法摆脱科技拜物教的。仅仅从伦理维度，也是无法摆脱伦理卫道士的。只有真正将科技实践与科技伦理结合起来凝视，真正从科学维度与哲学维度多维审思，才能摆脱从单一维度出发造成的束缚。科幻文学恰恰能够做到以文学之笔"超然世外"，精彩绘写科技崇拜与伦理崇拜的角逐。科技的迅猛发展、日新月异，已经乱花渐欲迷人眼，让近现代直至当今社会的人们迷惑于欲望的汹涌诡谲。科技的强大威力，科技的数据逻辑，科技的理性幻象，对人类社会带来潜默的威慑与服从。科技存在有着某种隐秘的、不为人知的统摄能力、治理方式。哲学言说面对科技威治，难以形成畅达的对话机制。科技伦理在科幻文学里的反思建构，以文学为舞台，演练着科技实践与科技伦理的对话可能。科幻文学生动而自然地邀约读者、观众一起凝视科技实践与科技伦理的关系，审思人类社会科学维度与哲学维度的生存。

二、摆脱了盲目崇拜的欲望枷锁

科技实践使人沉迷难以自控。科技实践的不断发展持续升级人们的欲望。欲望的不断升级持续挑战社会的伦理道德。科技制造了欲望，欲望没有止境。欲望又刺激新的科技实践。欲望也尝试突破伦理，伦理如何规训？如何以哲学维度实现挣脱科学维度迷恋之下的欲望枷锁？科幻文学既是一种文学叙写艺术，也是一种科技伦理批判。科技伦理在科幻文学里的反思建构是一种独特的哲学批判方式。科技实践在社会生活中满足了人们的需要，同时它也成为一种具有统治力量的存在。科技实践的价值是具体而显而易见的，科技风险、伦理价值是抽象而难以觉察的。科幻文学以文学叙写、人物命运、故事走向、意象设定等，让社会大众更易理解科技风险的可能、科技伦理的价值。科技存在的拥有者、科技实践的施行者，在很大程度上拥有支配社会的权力。科技成为权力与财富的象征，成为计算一切、调配一切、处置一切的权力与能力，成为权力的权杖、财富的财袭。科技景观阉割或试图阉割某些伦理。科幻文学以科技存在、科技实践为主要描摹对象、展开想象，以多种艺术手法触及科技伦理的真相。人们依然沉迷于科技存在与科技实践的世界中。科幻文学使人们更清晰地看到科技背景、科技现实里人的处境。科技伦理在科幻文学里反思建构既是科学维度分析，也是哲学维度分析。在科技伦理与科幻文学的互动中，力图寻求摆脱盲目崇拜的欲望枷锁。

第五节　控制与穿越

一、社会效用与精神追求的较量

科幻文学里竞合着社会效用与精神追求的较量。科幻文学是由人类精神生活创制而成的，但是它当然也来源于社会生活。一般认知里，科技实践强调社会效用，科技伦理着重精神追求。在其社会效用和精神追求中，关键的问题是对于人的影响。这种影响表现为"社会效用"或"精神追求"。社会效用与精神追求应结合起来解决人的生存与发展问题。科技威治不仅铺排于社会领域，也布置于精神领域。科技实践里当然蕴含着人与人的关系，只是这种人与人的关系被科技之物所遮蔽。科幻文学以精神之维的文学载体沉虑社会之维的矛盾。科技伦理在科幻文学里的反思建构，激发人们精神维度的紧张吁求，引起社会维度的机制调整。科幻文学集中地表征着近现代直至当今社会中人们的社会生存与精神样态、社会征候与精神征候。科幻文学里蕴含着人类社会进入科技时代以来的精神发展线索。科幻文学既是对科技实践社会效用及可能性的描写，同时也为人们提供了精神追求的分析角度与方法。科幻文学并不是囿于科技存在、科技实践的社会效用及其想象,而是将社会效用与精神追求看成有机整体,精神维度的科技伦理反思建构才是科幻文学真正的致思源泉。对于科技存在、科技实践的社会效用展现及其想象,也是在科技伦理或隐惑显的背景里进行铺排与深化。在现实生活里,科技伦理可能出现缺席、乏力、留白等无可奈何的情形。但在科幻文学里,科技伦理无处可避,它必然接受读者与观众的凝视,除非它不发表、出版、发行或者没有一个读者、观众。科幻文学里社会效用与精神追求的较量不会停止。在科幻文学的世界里,人们感觉现实生活难以感觉之物,感悟平常日子难以感悟之理。科幻文学能完成表述科技实践、表达科技伦理的功能。科幻文学的文本里演绎着社会革新+精神革新的"茶杯风暴"。

二、 穿越了隐秘权力的科技影响

人们的精神世界与社会生活密切关联。科技伦理在科幻文学里反思建构既是社会分析,也是精神分析。在社会维度与精神维度的共同推动之下,科技伦理实现在科幻文学里的反思实践与建构策略。科技伦理在科幻文学里的反思建构,典型而凝练地反映了科技社会里人与人的真实关系、科技景观取代现实社会。科技成为一种隐秘的权力。科技对社会维度的影响愈大,其对精神维度的控制愈强。科幻文学里叙写的社会大众被观看、被偷窥、被审视、被监控,在现实社会里已成为普遍现象并难以反抗。在强大的科技社会里,任何一个角落、任何一个部分,都难以防御免疫于充满权力意味的科技侵袭。现实社会是形成科技崇拜的主要时空,社会生活是强化科技权力的主要进路。科幻文学是反思科技伦理的主要场域,反思建构是深化科技伦理的主要途径。科幻文学助推科技伦理关涉现实社会,进入社会生活。科幻文学是联结社会维度与精神维度的桥梁,而桥梁联结起此岸与彼岸。科幻文学对科技伦理的反思建构,改变着现实社会里科技景观的布局。在科技伦理与科幻文学的互动中,试图努力穿越科技权力的隐秘影响。

第六章

科技伦理与科幻文学的演进展望

第一节 科技伦理与科幻文学面临的挑战

一、科技伦理术有难为

（一）科技伦理与利益的天平倾斜

随着科技、经济、社会的发展，科技伦理面临着新的困境。科技与经济的关联愈加紧密，出现唯经济主义、利益至上的相关者，科技伦理难以撼动与警示科技行为背后的利益相关者。当科技与商业、产业紧密联结时，当科技与名利难解难分时，科技伦理常常深感无力，比如长春长生疫苗事件。当科技人员身兼企业家、经营者、商人、投资人等身份时，当他们的利益与公共利益冲突时，仅靠科技伦理难以规约。企业、商业体的利益，科技人员个人的利益，这些往往被置于科技伦理之前考虑。科技利益体与科技伦理往往出现围城内的人秘而不宣，围城外的人力有不逮的伦理沟壑。科技伦理的困境是人性的困境。科技应与伦理保持价值统一性，但是科技与经济等因素紧密关联以后，追求经济价值的冲动往往远超谨守伦理的良知。

（二）科技人员多重角色互相冲突

在科技与经济、社会关联愈加紧密的现代社会，科技人员的身份角色呈现多重叠加现象。他们既是科技专家，又可能是老板、企业家、经营者、商人、投资人、持股人、顾问等。多重身份叠加势必带来多重角色的伦理选择冲突。人在具有多重角色的时候，哪种角色在哪个场景更有利益收益，势必占尽选择优先。他们为什么无视科技伦理呢？原因为投资经营者的角色必然促使他们夺名争利。提供虚假数据，为企业进行伪证辩护，窃取他人研究成果，利益黑箱的科技决策，投资导向的科研项目选择，等等现象反复说明了角色冲突对科技专家这一身份的蒙尘。科技人员本应秉持科技伦理进行研究，但是在想到自己作为科技人员的身份时，已经前置了其他与科技人员性质不同甚至抵触冲突的多种角色。这时，再让其想起科技伦理操守，中间已经隔了好几个别的角色。多重角色搅乱了、冲淡了科技人员对科学精神、科技伦理的敬畏之心。比如贺建奎基因编辑婴儿事件，引起科学界、医学界、社会上极大的伦理愤慨。贺建奎身兼投资经营者与科学家双重身份。

（三）科技伦理监督的缺位与乏力

现代社会以来，科技监督往往集中于重复率检测层面上的学术不端监督，而对真正切近伦理问题的专家同行评议与伦理委员会监督则流于过场，常常出现科技伦理监督空白。贺建奎基因编辑婴儿事件即是越过伦理监督，违规进行人体试验。科技实践对科技伦理的僭越，最终伤害的是人的价值、生命的价值。一些科技人员因资本、名望等因素，跨过伦理监督，胡作非为，甚至与伪科技公司合伙诈骗。2020 年 10 月 21 日在北京举行的"深入实施创新驱动发展战略，加快建设创新型国家"新闻发布会上，科学技术部表示：中国已成立国家科技伦理委员会。这是我国科技伦理发展史上的一件大事，希望尽快改善科技伦理监督的缺位与乏力的情况。

（四）法律"留白"加重伦理失范

法律是伦理的底线。没有专门系统的法律规约科技成果应用的伦理效应，也没有专门系统的法律规约科技实践研究者、经营者、参与者的责任伦理。伦理能够倡导起止边界，但缺乏有效惩治手段。伦理范畴内的自律与他律，都依赖于人的合伦理性。这种对合伦理性的期待，充满幸运与偶然的色彩。科技实践研究者、经营者、参与者的行为及后果纳入法律范围，与科技伦理的思想倡导、道德习惯结合起来，能更扎实有效地减少科技失范行为。进入现代以来，科技的威力越来越大，对人类社会的影响力越来越强，其僭越伦理造成的危害甚为剧烈。比如编辑婴儿事件，将给实验中的孩子带来未知且凶险的长久伤害。科学严谨的立法，公正庄严的执法，必将带来伦理的实践进步与思想的自觉信服。

二、科幻文学新益求新

（一）科幻文学的未来史特征已逐渐淡去

科幻文学的未来史特征正在逐渐淡去。随着科学技术几乎每天都成为各种媒体上的新闻常客、惊悚标题，作为科幻文学的"科学幻想"该何去何从？现代科技可以说是日新月异，人类的幻想怎么与其竞速？科幻文学本以新奇、惊异、陌生、疏离为重要元素，现在却越来越难以达到这样的效果了。科幻文学的接受对象对硬科幻的种种逐渐已经"见怪不怪"。硬科幻进入了发展困境。而另一些对科学知识、专业领域陌生的读者，又会因为看不懂硬科幻而认为枯燥乏味。一些接受对象认为硬科幻习以为常不够过瘾，而另一些读者又认为硬科幻不靠谱。进入21世纪20年代以及未来，科幻文学如何追赶科技日新月异的脚步，并恰如其分地以文学想象描摹出对科技发展的判断、预估呢？科技专家、专业人士追踪科技发展前沿亦有一定困难，读者对科幻文学追赶科技脚步的期待，对科幻文学作家确实是很大的挑战。

（二）科幻文学的科技伦理叙事出现瓶颈

科幻文学是文学。如何以文学的品性表现科学幻想，传达伦理关切，是科幻文学守住质量的关键。过于偏重科学，往往流于科普文章。过于偏重幻想，常常倒向奇幻文学。过于偏重文学而不涉及科幻，又会失去科幻文学独特的魅力。科学素养、专业能力、文学才分，三者缺一不可，才能创作出堪称精品的科幻文学。以往，科幻文学被批评为不重视人物塑造，人物形象扁平化、符号化；还被批评为不重视情节创作，为追求令人惊异的效果而胡编乱造；也曾被批评违反科学原理，犯了技术错误，着了"反科学""伪科技"的魔。一些科幻作品确实存在上述问题里的一个或全部。从1818年第一篇科幻小说诞生到现在200余年，科幻文学的接受对象已经积累了很多鉴赏素养，一般层次的科幻作品已经很难打动他们。这就对科幻文学言说科技伦理的技巧提出很高的要求。只对科技伦理的

第六章 科技伦理与科幻文学的演进展望

急迫呼号,或对科技伦理的照本宣科,或对科技伦理的平行叙事,这样形态的科幻文学作品其实很难达到伦理反思的目的。随着科技的发展,利益的纠葛,接受对象品位的提高,想要科幻文学以传统隐喻或新的笔法自然醇熟地进行伦理叙事,其实是一个非常难以完成的要求。

第二节 科技伦理与科幻文学未来的发展

一、科幻文学对科技伦理凝思表达的新可能

希望在人间。学无止境。只要人类继续存在,科技继续发展,科幻文学就有存续发展的可能性。科幻文学的价值向度必然蕴含对科技伦理的反思。科技伦理的文学表达将随着人类的发展、科技的发展而发展。现代社会以来,人类已经与科技实践紧密联结。我们与科技的紧密联系形成了现在的我们、现在的人类。我们创制了科技,科技也形成了我们。这样,科技参与人类文化的建构自然而然、顺理成章。科技加持下的人类生存,文化的科技表达凸显了科技的建构功能。

在其他文学体裁里没办法想象或根本不可能看到的灵光闪现,能够在科幻文学里描写,让人类精彩极致的想象——对未来可能性的想象、对人类生存形态的想象,等等,可以浮现出如真似幻。在阅读、观赏科幻文学的一刻,或许就像坐上时间机器穿越时间之流,凝视大千世界、万千宇宙。如临其境的惊异感受,深入心扉的伦理追问,科技伦理的文学表达还有无穷可能、无尽精彩,等待着作家、读者、社会共同达成。科学与文学、科技伦理与科幻文学的深刻融合,真实反映了人类理性智才与情感愫求的相伴相生,两者共同提升才能真正进入理解人之生存的哲学学思。未来,硬科幻与软科幻将进一步打破边界,而致力于呈现科技伦理文学表达的哲思升华。科技伦理的文学表达将越来越倾向于历史性、后现代性的多重复合魅力。

科技伦理的文学表达更多的情况下是促进伦理意识的生成,巩固伦理理念的信服。而伦理的实践行为除了倚赖伦理主体的内在自

律,也须外在道德法律的强制规约。科技伦理学对于我国来说刚刚走过30年的研究历程。而科幻文学对于科技伦理的反思与建构已经走过了200余年的沧桑岁月。科幻文学给予我们很多对于科技伦理问题思索的点拨、激发。科幻文学里的典型人物、经典意象、精彩故事,已经深深地融入人类的科学叙事。展望未来,内容上微观化、细节化的文学表达将逐渐形成一轮浪潮,以微观化、细节化营造与现实感受的疏离、陌生,而"太空歌剧"类的绵长咏叹调暂时不会旧瓶装新酒。传播方式上,短视频、实时互动平台、自媒体,将更有效地参与到科幻文学剧本创制队列中。科技伦理的文学表达会更开放,更多元,更充满机巧神思。

二、科幻文学对科技伦理体系建构的新拓展

科幻文学的伦理建构研究当前还处于初创发展形态。现象分析、理论表述、逻辑联系还须进一步研究、建设。科技是发展的,伦理也是发展的。科幻文学已经参与、未来将继续参与科技伦理的建构。科幻文学的科技哲学要素将会得到进一步分析研究,科幻文学的伦理反思与建构将会得到进一步关注。科幻文学作为科技哲学的一种文学表达载体,其中透射出的伦理反思,必将使一部分读者超越简单的科幻满足,而思考如何随着科技发展进一步建构科技伦理。与现代人类社会、人类命运密切相关的科技,不仅极大地改变了人类社会,也丰富了描写人类社会的文本。科幻文学,记述着科技背景之下的人类,传达着对科技的喜忧参半,甚至对人类命运的忧惧未知。

科幻文学对科技伦理的反思与建构,既是科技哲学伦理反思的重要问题,也是文学人文反思的重要领域。分析科幻文学的伦理反思进路,探寻科幻文学的伦理建构途径,考量科幻文学伦理反思的困境与超越,研究科幻文学伦理建构的现象和本质,寻找科幻文学伦理建构的事实与逻辑。伦理的本质是如何看待、对待、处置与人相关的关系,伦理的作用在于调整短期利益与长期利益的关系、眼前利好与根本利好的关系。伦理归根结底是对人的规约。科技伦理归根结底是对科技活动中人的行为的规约。科技伦理是外在于科学技术的吗?科技是本体呢?还是伦理是本体?科技伦理离开科技显

然不能存在,皮之不存毛将焉附?科技离开科技伦理同样不能存在,失去伦理的科技难以利好于、合理化于人类社会。

科技随意践踏伦理,或伦理彻底否定科技,都会使得科技伦理陷入虚无。科技伦理与科技的关系更像是阴阳太极图,存在于有机互动的类生态关系中。科技伦理与科技的关系研判,在于更大的生态背景中,社会、经济、政治、文化,乃至宇宙。但毫无疑问的是,科技伦理—科技的关系最根本的面向是人类的生存与发展。科技与伦理不是截然对立的,科技与伦理应该将彼此放入彼此的视野,从简单盲目的对立视野走向共生促进的互动视野。科幻文学在伦理反思中警醒着人类,在伦理建构中启示着人类,在反思与建构中疗愈人类面对科技与命运的复杂感知和况味。科幻文学在推进科技伦理—科技生态体系理论建构与实践发展方面,将进一步发挥人物预演、故事预设、意象预定的案例模拟作用。

科幻文学将头顶的星空与心中的伦理会聚在我们手中、眼中、思想中。科幻文学的伦理反思与建构,言说着这一个"有道德的地球"——人类的家园。我们以科技的手段、伦理的方式与她相处相伴。而科技与伦理一起,共同面向人类在宇宙中的生存。

科幻文学的科技伦理审视

第七章

总结与展望

第一节 总结

在本书创作的三年,正赶上新冠病毒蔓延全球。在抗击新冠病毒的三年间,笔者一边写作,一边更加深刻地感受到生命、生态、生存与责任伦理的现实昭显和理论厚度。科技与伦理在现在、未来很大程度主宰人类命运。科技实践在病毒防控中发挥了重要支撑作用,但是科技手段对于人们的权利、隐私、数据的失控、侵袭、滥用等方面问题也起到推波助澜的功能。人们的幸福需要科技发展来构建,也需要科技伦理来支撑。这更让笔者觉得研究科技伦理反思建构的场域、实践、策略、效果等问题,非常重要,需要持续研究。当笔者查阅科技伦理的发展史志时发现,科幻文学在科技伦理反思建构的"账簿"上多么重要。从历史、现实、文本分析、理论梳理等方面,能够看出科技伦理在科幻文学里找到了最适宜的反思实践场域与建构策略演绎。

确实经常有人轻视科技伦理在科幻文学里反思建构的事实与效果。科技伦理在科幻文学里反思建构,为人们提供了受众比较广泛、关注度比较高、难得的舆论议题场。科技伦理在科幻文学里反思建构,让科技伦理、科技哲学走出书斋,激发了人们的审视凝思,影响了人们的现实生活,启迪着人们的发展图景。近现代进入科技社会以来,社会大众正是通过科技伦理在科幻文学里的反思建构,预知、关注、了解、思考、追踪科技伦理问题。现实社会是形成科技崇拜的主要时空,社会生活是强化科技权力的主要进路。而科幻文学是形成科技伦理的主要场域,反思建构是深化科技伦理的主要途径。科幻文学助推科技伦理关涉现实社会,进入社会生活。科幻文学生动而自然地邀约读者、观众一起凝视科技实践与科技伦理的关系,审思人类社会科学维度与哲学维度的生存。

第二节 进一步的研究设想

科技伦理的反思实践与建构策略、效果分析,是非常有意义的研究。本书作了一些基础性、探索性研究。在未来的学术研究中,希望能够对此问题进一步深化认知、建设体系、丰厚理论。

一、科技伦理的反思实践

对科技伦理的反思实践作进一步分析、梳理、归纳。科技伦理的反思实践,可以从科技发展史、科技思想史、科技伦理史、科幻文学史等方面,进行更系统全面、经典深层的文本研究与分类研究、时代研究与专题研究。

二、科技伦理的建构问题

对科技伦理的建构问题作进一步发现、分析、整理。关于科技伦理建构的依据、策略、效果、保障等问题,可以从主体与客体、伦理与法律、精神与社会、知与行等方面进一步开展研究,推动理论与实践结合发挥效能。

三、科技伦理与科幻文学的关系

对科技伦理与科幻文学的关系作进一步跟踪、溯源。从历史、现实、文本、传播等方面,从定性研究与定量研究结合方面,从科技伦理史与科幻文学史方面,从科技热点与科幻热点方面,比较系统、全面、深刻地继续进行研究。

参考文献

[1] 怀特.文化科学:人和文明的研究[M].杭州:浙江人民出版社,1988.

[2] 李约瑟.中华科学文明史[M].上海交通大学科学史系,译.上海:上海人民出版社,2001.

[3] 舒尔曼.科技文明与人类未来:在哲学深层的挑战[M].李小兵,等译.北京:东方出版社,1995.

[4] 彼得·保罗·维贝克.将技术道德化:理解与设计物的道德[M].闫宏秀,杨庆峰,译.上海:上海交通大学出版社,2016.

[5] 李公明.奴役与抗争:科学与艺术的对话[M].南京:江苏人民出版社,2001.

[6] 陈凡.技术社会化引论[M].北京:中国人民大学出版社,1995.

[7] 高亮华.人文主义视野中的技术[M].北京:中国社会科学出版社,1997.

[8] 远德玉,陈昌曙.论技术[M].沈阳:辽宁科学技术出版社,1986.

[9] 陈昌曙.技术哲学引论[M].北京:科学出版社,1999.

[10] 陈昌曙,远德玉.技术选择论[M].沈阳:辽宁人民出版社,1991.

[11] 陈昌曙.陈昌曙文集:科学技术与社会卷[M].北京:科学出版社,2015.

[12] 陈昌曙.陈昌曙文集:科学认识论与方法论卷[M].北京:科学出版社,2014.

[13] 李建珊,刘洪涛.世界科技文化史[M].武汉:华中理工大学出版社,1999.

[14] 盖伊·哈雷.科幻编年史:银河系伟大科幻作品视觉宝典[M].

王佳音,译.北京:中国画报出版社,2019.
[15] 余泽梅.赛博朋克科幻文化研究[M].北京:科学出版社,2020.
[16] 董仁威.中国百年科幻史话[M].北京:清华大学出版社,2017.
[17] 宋明炜.中国科幻新浪潮[M].上海:上海文艺出版社,2020.
[18] 吴岩.科幻文学论纲[M].重庆:重庆大学出版社,2021.
[19] 爱德华·詹姆斯,法拉·门德尔松.剑桥科幻文学史[M].天津:百花文艺出版社,2018.
[20] 刘晓华.英美科幻小说科技伦理研究[M].北京:中国社会科学出版社,2019.
[21] 郭雯.克隆人科幻小说的文学伦理学批评研究[M].南京:南京大学出版社,2019.
[22] 周丽昀.科技与伦理的世纪博弈[M].上海:上海大学出版社,2019.
[23] 王国豫.德国技术伦理的理论与作用机制[M].北京:科学出版社,2018.
[24] 戴维·B.雷斯尼克.科学伦理学导论[M].殷登祥,译.北京:首都师范大学出版社,2019.
[25] 潘建红.现代科技与伦理互动论[M].北京:人民出版社,2015.
[26] 洪晓楠.科学伦理的理论与实践[M].北京:人民出版社,2013.
[27] 李凯尔特.文化科学和自然科学[M].涂纪亮,译.北京:商务印书馆,1986.
[28] 马·伊林.科学与文学[M].北京:科学普及出版社,1983.
[29] 张之路.文学对话科学[M].合肥:安徽少年儿童出版社,2016.
[30] 埃德蒙森.文学对抗哲学[M].北京:中央编译出版社,2000.
[31] 齐亚丁·萨达尔.科学哲学[M].北京:生活·读书·新知三联书店,2020.
[32] 奥卡沙.科学哲学[M].南京:译林出版社,2013.
[33] 刘大椿.科学哲学[M].北京:中国人民大学出版社,2011.
[34] 李丽.科学主义在中国[M].北京:人民出版社,2012.
[35] 伊·普里戈金,伊·斯唐热.从混沌到有序:人与自然的新对话[M].曾庆宏,沈小峰,译.上海:上海译文出版社,2005.

[36] 段伟文.信息文明的伦理基础[M].上海:上海人民出版社,2020.

[37] 卢梭.论科学与艺术[M].上海:上海人民出版社,2007.

[38] 陈凡,陈多闻.文明进步中的技术使用问题[J].中国社会科学,2012(2).

[39] 赖力行.走向科学:一条艰难的探索之路[J].华中师范大学学报(哲学社会科学版),1995(2).

[40] 于启宏.中国现当代文学中的科学"基因"[J].南都学坛(人文社会科学学报),2004(4).

[41] 周海波.中国现代文学中的工具理性与科学理性[J].齐鲁学刊,2004(4).

[42] 庄天山.中国古代文学中的科学信息[J].华侨大学学报(哲学社会科学版),1987(2).

[43] 梁展.制造"现实":西方近现代文学的科学系谱[J].外国文学评论,2013(1).

[44] 余士雄.用科学武装起来的文学[J].外国文学研究,1981(3).

[45] 刘可守.现代自然科学与文学艺术[J].山东科技大学学报(社会科学版),2000(1).

[46] 刘琪.系统科学方法论与文学艺术[J].甘肃社会科学,2000(01).

[47] 孙宜学,王双.新浪潮时代英国科幻小说的生态思想探究[J].井冈山大学学报(社会科学版),2020,41(2).

[48] 徐筱虹.20世纪西方科幻小说的生态危机意识研究[J].南昌师范学院学报,2019,40(4).

[49] 肖明华.走向一种科学反思型的文学意义阐释观[J].文艺评论,2011(1).

[50] 阮幸生.文学作品与科学面面观[J].贵州社会科学,1998(4).

[51] 汪正龙.文学语言、科学语言、情感语言的区分:试论形式主义关于文学语言的讨论及其意义[J].南京师范大学文学院学报,2005(3).

[52] 毕文波.文学与科学相互关系的认识论分析[J].南京政治学院

学报,1987(4).

[53] 王乾坤.文学与科学理性[J].江汉论坛,2007(10).

[54] 周晓明.现代科学技术实践与现代中国文化生态[J].江汉论坛,2007(10).

[55] 严蓓雯.文学与科学的新关系[J].外国文学评论,2011(2).

[56] 李克.文学与科学:自然主义文学创作理论再思考[J].黑龙江社会科学,2000(2).

[57] 黄鸣奋.科幻电影创意与生态伦理[J].社会科学战线,2019(3).

[58] 吴小美,董华峰,丁可.文学艺术与科学同一性的探讨[J].文学评论,2003(2).

[59] 陈廷槐.文学艺术与科学技术应当相互结合[J].重庆大学学报(社会科学版),2000(4).

[60] 陈世丹.文学叙事文本中科学知识的再现:以《拍卖第49批》为例[J].外国文学,2010(2).

[61] 李永平.文学思维与科学思维的统一性:以"仙乡淹留"传说为例[J].陕西师范大学学报(哲学社会科学版),2013(2).

[62] 林兴宅.文学评论:寻求沟通艺术与科学的桥梁[J].厦门大学学报(哲学社会科学版),1993(1).

[63] 南帆.文学批评:科学主义与个性主义[J].文艺理论研究,1989(2).

[64] 柯泽.文学的自然科学启示[J].华中理工大学学报(社会科学版),2000(4).

[65] 史百水.文学创作中的自然科学参照[J].青海民族学院学报,1992(1).

[66] 姚文放.文学传统与科学传统[J].文学评论,2000(3):26-34.

[67] 隋家忠,胡晓蓓.试论科学技术与文学艺术之关系的多重性[J].学会,2009(5).

[68] 黄悦.试论科幻文学中科学与神话的共生关系[J].贵州社会科学,2020(4).

[69] 何祚庥.时代在呼唤科学:致文学艺术工作者[J].文艺理论与

批评,1994(3).

[70] 钟宗宪.社会、科学与文学的互涉:民间文学研究方法的省思[J].民族艺术,2016(6).

[71] 王逢振.人文科学与自然科学之间的桥梁:西方科学幻想小说概况[J].世界文学,1980(1).

[72] 陈茜芸.普鲁斯特:新时间观引发的小说革命:兼谈科学、哲学与文学的关系[J].四川外语学院学报,2001(4).

[73] 刘坤媛.缪斯的科学情怀:文学艺术在培养科学创新人才中的重要作用[J].黑龙江高教研究,2009(10).

[74] 祁永芳.美国的当代文学研究与自然科学[J].文艺理论研究,2014(06).

[75] 李克.漫议文学作品与科学作品的区别:茵加登现象学文学理论管窥[J].重庆社会科学,1999(6).

[76] 王瑶.全球化时代的民族寓言:当代中国科幻中的文化政治[J].中国比较文学,2015(3).

[77] 王东昌.马克思艺术生产论视野中的科学技术与文学艺术[J].内蒙古社会科学(汉文版),2016(4).

[78] 马莉,洪晓楠.罗蒂"泛文学文化"视域下科学与人文的共融[J].科学技术哲学研究,2015(1).

[79] 刘媛.论中国科幻小说科学观念的本土性特征[J].文艺争鸣,2016(5).

[80] 王松.论民族民间文学的科学价值[J].思想战线,1983(3).

[81] 李秋林.论科学人文主义文学观[J].广西社会科学,1999(5).

[82] 哈雪英.论科学技术与文学的关系[J].甘肃科技纵横,2016(8).

[83] 赵慧.梁实秋论科学与文学[J].学术探索,2014(3).

[84] 韩东屏.科学之不能与人文学之所能[J].天津社会科学,2003(4).

[85] 吴岩.科学与文学结缘的奇葩:百年西方科幻[J].世界文化,2015(2).

[86] 余秉旄,郭海文.科学与文学的困境:论人类精神家园的丧失及

重建[J].理论导刊,2003(3).

[87] 魏家川.科学与文学:从"两种文化"看文学的祛魅[J].文艺争鸣,2006(3).

[88] 汪海棠.科学与古典文学艺术之结缘[J].南京理工大学学报(自然科学版),1988(3).

[89] 罗丹.科学幻想小说和科学家:略论科幻小说的启蒙作用以及对它的反思[J].高校图书馆工作,1988(3).

[90] 李昕揆.科学观念与作为社会意识形式的文学理论[J].理论月刊,2013(5).

[91] 吴以义.科学观念社会化的一个渠道:侦探—推理小说[J].世界科学,2019(5).

[92] 托尼·贝内特,寿静心.科学、文学与意识形态:路易·阿尔都塞的文学理论[J].辽宁大学学报(哲学社会科学版),1994(4).

[93] 徐淑兰,金锋.科幻文学对AI时代科学技术的影响:波普尔的三个世界视角引发的思考[J].科技创新与应用,2020(1).

[94] 姜韫霞.解读中国科幻:中国科幻文学的人文精神与科学意识[J].学术探索,2005(3).

[95] 杨守森.基因科学与文学艺术[J].山东师范大学学报(人文社会科学版),2011(4).

[96] 阎保平.后现代主义文学思维创新的科学文化背景分析[J].长江学术,2010(4).

[97] 徐兆寿,张哲玮.国家理想 科学启蒙 现实回归:百年中国科幻文学创作动机的数次转向[J].当代作家评论,2020(1).

[98] 陆海明.关于文学、美学和科学的断想[J].社会科学,1986(4).

[99] 杨传鑫.二十世纪文学与现代科学[J].理论月刊,1991(3).

[100] 沈楠.从美与真的视角谈科学与文学的整合[J].皖西学院学报,2012(1).

[101] 贾珮瑶.从科学技术、物理学、耗散结构看中国近现代社会转型时期文学的转变[J].甘肃高师学报,2010(4).

[102] 张静.从科学到文学:罗兰·巴特的先锋性批评[J].贵州社会

科学,2015(4).

[103] 张国.从多视角审视科学与人文学的异同与相关性[J].科学技术与辩证法,1998(6).

[104] 陆辛.比较文学视阈下的文学与自然科学交叉研究方法探析[J].东疆学刊,2009(1).

[105] 陈若谷.半张脸的神话:科学与文学关系之迷思[J].粤港澳大湾区文学评论,2020(5).

[106] 王达敏.20世纪科学统一化趋势对文学研究的影响[J].文学评论,1995(4).

[107] 薛诗绮.文学和科学[J].现代外国哲学社会科学文摘,1964(6).

[108] 李伟."科学"的两次"狭化"及人文学的边缘化[J].雕塑,2015(5).

[109] 吴锡民.西方文学与科学[J].广西师院学报,1992(1).

[110] 吴锡民.西方文学与科学再思索[J].广西师院学报,1996(3).

[111] 胡晓岩,李保杰.当代美国科幻小说中的人类基因编辑及伦理选择[J].山东大学学报(哲学社会科学版),2020(6).

[112] 刘媛.中国当代科幻小说的生态伦理[J].江苏科技大学学报(社会科学版),2013,13(1).

[113] 李斌.怪物、语言体系与困境:中国科幻小说中人造人形式的生发与衍变[J].南京师范大学文学院学报,2020(3).

[114] 孔庆东.中国科幻小说概说[J].涪陵师范学院学报,2003(3).

[115] 王洁.中国科幻文学的发展历程及三大走向[J].江西社会科学,2018(7).

[116] 徐刚.新世纪中国科幻文学的流变[J].粤海风,2011(6).

[117] 任冬梅.新世纪以来中国科幻小说的现状及前景[J].当代文坛,2018(3).

[118] 陈舒劼.想象的折叠与界限:20世纪90年代以来的中国科幻小说[J].文艺研究,2016(4).

[119] 吴岩.西方科幻小说发展的四个阶段[J].名作欣赏,1991(2).

[120] 吴岩.西方科幻小说发展的四个阶段(续)[J].名作欣赏,1991

(4).

[121] 陈许.试论美国科幻小说的产生和发展[J].国外文学,2002(2).

[122] 陈许.美国科幻文学简论:美国文学类型与流派研究之四[J].盐城师专学报(哲学社会科学版),1993(1).

[123] 汪晓慧.论中国当代科幻小说的"新历史书写":以新世纪前后中国历史科幻创作为例[J].当代作家评论,2019(5).

[124] 刘阳扬.科幻小说与"新时期"文学:童恩正《珊瑚岛上的死光》发表前后[J].中国现代文学研究丛刊,2019(8).

[125] 李广益.光面与暗面:百年中国科幻文学中的工业形象[J].东方学刊,2019(2).

[126] 赵臻.中国当代科幻文学特征简论:以中国当代影视作品为例[J].河北师范大学学报(哲学社会科学版),2015(2).

[127] 胡金生.现实沃土的理想之花:女权主义科幻小说[J].国外文学(季刊),1996(1).

[128] 叶冬.现当代美国科幻文学研究述评[J].邵阳学院学报(社会科学版),2015(3).

[129] 钟舒.赛博空间:中国科幻文学的一个批评语境[J].当代文坛,2020(6).

[130] 叶冬.美国当代女性主义科幻小说研究[J].外语与外语教学,2009(12).

[131] 姚利芬.日本科幻小说在中国的译介(1975-2016年)[J].中国比较文学,2017(3).

[132] 丁卓.日本当代科幻文学的近未来设定[J].华南师范大学学报(社会科学版),2020(4).

[133] 王卫英.中国科幻小说的文学价值与审美批评[J].中州学刊,2008(1).

[134] 刘义.西方现代科幻小说中的宗教共同体分析[J].解放军外国语学院学报,2018(5).

[135] 陈海龙.面向未来的文学和人类学:科幻文学:现实、虚构、想象三元合一[J].徐州工程学院学报(社会科学版),2021(1).

[136] 应为众.漫评柯云路的"科学哲学小说"[J].文学自由谈,1992(4).

[137] 李广益.中国转向外在:论刘慈欣科幻小说的文学史意义[J].中国现代文学研究丛刊,2017(8).

[138] 李松睿.走出人文主义的执念:谈中国当代科幻文学[J].当代作家评论,2019(1).

[139] 刘健.中国科幻文学创作进入80后时代[J].天津师范大学学报(社会科学版),2018(1).

[140] 汤哲声.站在地球,敬畏星空:刘慈欣科幻小说论[J].文艺争鸣,2018(3).

[141] 段崇轩.现实距离科幻有多远:刘慈欣科幻小说漫论[J].南方文坛,2019(2).

[142] 高亚斌,王卫英.为科幻文学寻找绚烂的艺术空间:论拉拉的科幻小说创作[J].华北水利水电大学学报(社会科学版),2015,31(4).

[143] 袁良骏.卫斯理(倪匡)科幻小说的特点[J].苏州科技学院学报(社会科学版),2005(2).

[144] 汤黎.民族性和国际化的共同观照:中国当代科幻小说如何讲述"中国故事"[J].西南民族大学学报(人文社会科学版),2020,41(3).

[145] 吴岩.论郑文光的科幻文学创作[J].大庆高等专科学校学报,2002(2).

[146] 刘劲帆.论威廉·吉布森的赛博朋克科幻文学创作[D].山东:山东师范大学,2015.

[147] 刘汉波.流浪的异托邦:郝景芳科幻小说论[J].扬子江评论,2017(1).

[148] 徐刚.科普,或文学的幻想与现实:郑文光科幻小说论[J].名作欣赏,2018(13).

[149] 王宏起.科幻小说?抑或预警小说:布尔加科夫的《不祥之蛋》和《狗心》两小说解析[J].中外文化与文论,2005(1).

[150] 朱振武,吴妍.爱伦·坡科幻小说的人文关怀[J].外国语(上

海外国语大学学报),2009,32(6).

[151] 游澜.在科技与人文之间:刘宇昆科幻小说论[J].当代作家评论,2020(3).

[152] 司宇辰.王晋康科幻小说科技伦理研究[D].江苏:中国矿业大学,2020.

[153] 郭建中.中国科幻小说盛衰探源[J].杭州大学学报(哲学社会科学版),1992(1).

[154] 王洁.中国科幻文学在全球化语境中的困境与思考[J].江淮论坛,2020(1).

[155] 赵臻.中国科幻文学缺类探究[J].西南科技大学学报(哲学社会科学版),2013(1).

[156] 冯庆.中国科幻文学发展中的矛盾与操守[J].科普研究,2011(6).

[157] 白鸽.现当代科幻小说的对外译介与中国文化语境构建[J].小说评论,2018(1).

[158] 宋刚.日本社会与华人科幻文学[J].世界文学,2021(1).

[159] 刘媛.论中国网络科幻小说[J].小说评论,2016(2).

[160] 吴岩.论中国科幻小说中的想象[J].中国现代文学研究丛刊,2018(12).

[161] 车明阳.论西方文学中的负面科学家形象:以威尔斯科幻小说为中心[D].桂林:广西师范大学,2012.

[162] 吕兴.论阿来对中国科幻文学的影响[J].西藏大学学报(社会科学版),2020(4).

[163] 吴岩,方晓庆.中国早期科幻小说的科学观[J].自然辩证法研究,2008(4).

[164] 宁大治.英美科幻小说的伦理分析[D].长春:东北师范大学,2006.

[165] 吕超.西方科幻小说中的机器人伦理[J].外国文学研究,2015,37(1).

[166] 曹鹏越.文学伦理学视域下威尔斯科幻小说的伦理警示[D].南昌:江西师范大学,2018.

[167] 刘潇.威尔斯科幻小说中科技引发的伦理冲机[D].武汉:华中师范大学,2013.

[168] 贾立元.晚清科幻小说中的殖民叙事:以《月球殖民地小说》为例[J].文学评论,2016(5).

[169] 余泽梅.陌生化与认知:作为一种社会批判的科幻小说[J].江西社会科学,2012,32(1).

[170] 李晓.论中国科幻小说中的科技观[D].济南:山东师范大学,2014.

[171] 葛虹局.论中国当代科幻小说中的现代性反思[D].南宁:广西师范学院,2014.

[172] 王丹.论科幻文学中人造人对承认的追寻[D].北京:首都师范大学,2009.

[173] 王瑞瑞.论科幻文学的宇宙伦理:以刘慈欣的"三体系列"为中心[J].江淮论坛,2018(5).

[174] 汪荣.两岸海洋科幻文学中的生态关怀:以陈楸帆《荒潮》与吴明益《复眼人》为例[J].海南师范大学学报(社会科学版),2018,31(4).

[175] 计海庆,孙路.科幻小说的伦理解读[J].自然辩证法研究,2004(10).

[176] 邬晓燕.科幻小说:科技时代新的解读方式[J].自然辩证法研究,2007(5).

[177] 贺欣晔.科幻文学中人工智能与人类智能的关系[J].沈阳师范大学学报(社会科学版),2016(2).

[178] 吕超.科幻文学中的人工智能伦理[J].文化纵横,2017(4).

[179] 王茜.科幻文学中的"变位思考"与生态整体主义的反思:以《三体》为例[J].山东社会科学,2016(8).

[180] 王瑞瑞.科幻文学、外星他者与后人类伦理:评莱姆《索拉里斯星》[J].中国文学研究,2019(4).

[181] 韩松,孟庆枢.科幻对谈:科幻文学的警世与疗愈功能[J].华南师范大学学报(社会科学版),2020(4).

[182] 周亦张.技术资本时代的人与动物:英美科幻文学中的动物伦

理问题研究[D].上海:华东师范大学,2019.

[183] 李世昕.何以为人:对四部机器人科幻小说的伦理分析[D].广州:广东外语外贸大学,2017.

[184] 王茜.菲利普·K·迪克科幻小说的科技伦理危机主题[D].太原:山西师范大学,2015.

[185] 王一平.从"赛博格"与"人工智能"看科幻小说的"后人类"瞻望:以《他,她和它》为例[J].外国文学评论,2018(2).

[186] 黄鸣奋.超自我:中国科幻电影的生物科技想象[J].学习与探索.2020(7).

[187] SHIPPEY T.The oxford book of science fiction stories[M].Oxford[U.K.],New York:Oxford University Press,2003.

[188] ASHLEY M.The history of the science-fiction magazine[M].Liverpool:Liverpool University Press,2007.

[189] HARRIS-FAIN D.Understanding contemporary American science fiction[M].Columbia:University of South Carolina Press,2005.

[190] LANGER J.Postcolonialism and science fiction[M].Basingstoke Hampshire,New York:Palgrave Macmillan,2011.

[191] ROBERTS A.The history of science fiction[M].New York:Palgrave Macmillan,2006.

[192] REID R A.Women in science fiction and fantasy[M].Westport,Conn.:Greenwood Press,2009.

[193] STABLEFORD B.Historical dictionary of science fiction literature[M].Lanham,Md.:Scarecrow Press,2004.

[194] NOONAN B.Women scientists in fifties science fiction films[M].Jefferson,N.C.:McFarland & Co.,2005.

[195] THIHER A.Fiction refracts science[M].Columbia:University of Missouri Press,2005.

[196] KAREN H.Masters of science fiction and fantasy art[M].Beverly,MA:Rockport Publishers,2011.

[197] MCCONNELL F.The science of fiction and the fiction of science[M].Jefferson,N.C.:McFarland & Co,2009.

[198] SMITH E D.Globalization,utopia,and postcolonial science fiction [M].Basingstoke, Hampshire, New York: Palgrave Macmillan, 2012.

[199] CAILLOIS R.Science fiction[J].Diogenes,1975,23(89):87-105.

[200] SMITS M.Science fiction: a credible resource for critical knowledge? [J].Bulletin of Science,Technology & Society,2006,26(6):521-523.

[201] SCHNEIDER J.Science fiction and science policy[J].Bulletin of Science,Technology & Society,2006,26(6):518-520.

[202] BERNE R W.Teaching societal and ethical implications of nanotechnology to engineering students through science fiction[J]. Bulletin of Science,Technology & Society,2005,25(6):459-468.

[203] HABERER J.Literature, humanities, science fiction[J].Bulletin of Science,Technology & Society,1987,7(3-4):561-564.

[204] MARCHESANI J,FRANKEL C.Values and ethics in STS education: a case for science fiction[J].Bulletin of Science,Technology & Society,1987,7(5-6):976-978.

[205] BOWMAN D M.Are we really the prey? Nanotechnology as science and science fiction[J].Bulletin of Science,Technology & Society,2007,27(6):435-445.

[206] KITCHIN R.Science fiction or future fact? Exploring imaginative geographies of the new millennium[J].Progress in Human Geography,2001,25(1):19-35.

[207] HABERER J.Literature, humanities and science fiction[J].Bulletin of Science,Technology & Society,1991,11(2):123-124.

[208] BACA R,BRYAN D.The "assimilation" of unauthorized mexican workers: another social science fiction? [J].Hispanic Journal of Behavioral Sciences,1983,5(1):1-20.

[209] WELDES J.Globalisation is science fiction[J].Millennium-Jour-

nal of International Studies,2001,30(3):647-667.

[210]　PARKER M.Amazing tales:organization studies as science fiction[J].Organization,1999,6(4):579-590.

[211]　STEINBERG D L.Reading sleep through science fiction:The parable of beggars and choosers[J].Body & Society,2008,14(4):115-135.

[212]　CASE P.Organizational studies in space:stanislaw lem and the writing of social science fiction[J].Organization,1999,6(4):649-671.

[213]　CORRIGAN P.Dressing in imaginary communities:clothing,gender and the body in utopian texts from thomas more to feminist science fiction[J].Body & Society,1996,2(3):89-106.

[214]　STOCKWELL P.Introduction:science fiction and literary linguistics[J].Language and Literature,2003,12(3):195-198.

[215]　MATHUR S.Caught between the goddess and the cyborg:third-world women and the politics of science in three works of Indian science fiction[J].The Journal of Commonwealth Literature,2004,39(3):119-138.

[216]　GOSLIN J.Social science fiction[J].Probation Journal,1970,16(3):75-78.

[217]　CORBETT J M.Celluloid projections:images of technology and organizational futures in contemporary science fiction film[J].Organization,1995,2(3-4):467-488.

[218]　CHAMBERS C.Postcolonial science fiction:Amitav Ghosh's the calcutta chromosome[J].The Journal of Commonwealth Literature,2003,38(1):58-72.

[219]　HARDY S.A story of the days to come:H.G.Wells and the language of science fiction[J].Language and Literature,2003,12(3):199-212.

[220]　OLDMAN D.Making aliens:problems of description in science fiction and social science[J].Theory,Culture & Society,1983,2

(1):49-65.

[221] STOCKWELL P.Do androids dream of electric sheep isomorphic relations in reading science fiction[J].Language and Literature,1992,1(2):79-99.

[222] MÖRTH I.Elements of religious meaning in science-fiction literature[J].Social Compass,1987,34(1):87-108.

[223] OWER J B.Manacle-forged minds:two images of the computer in science-fiction[J].Diogenes,1994,22(85):47-51.

[224] KIRBY D A.Scientists on the set:science consultants and the communication of science in visual fiction[J].Public Understanding of Science,2003,12(3):261-278.

[225] WEINGART P.Introduction:Perception and representation of science in literature and fiction film[J].Public Understanding of Science,2003,12(3):227-228.

[226] WEINGART P.Of power maniacs and unethical geniuses:science and scientists in fiction film[J].Public Understanding of Science,2003,12(3):279-287.

[227] HAGENDIJK R.Blind faith:fact,fiction and fraud in public controversy over science[J].Public Understanding of Science,1993,2(4):391-415.

[228] ROBINETT J.Other realities:technology and recent latin american fiction[J].Bulletin of Science,Technology & Society,1987,7(3-4):507-511.

[229] ALLAN K.Disability in science fiction[M].New York:Palgrave Macmillan,a division of Nature America Inc,2013.

[230] ROBERTS A.The history of science fiction[M].London:Palgrave Macmillan,a division of Macmillan Publishers Limited,2006.

[231] KING E.Science fiction and digital technologies in Argentine and Brazilian culture[M].New York:Palgrave Macmillan,a division of Nature America Inc,2013.

[232] MAGERSTÄD S.Body,soul and cyberspace in contemporary sci-

ence fiction cinema: virtual worlds and ethical problems [M]. London: Palgrave Macmillan, a division of Macmillan Publishers Limited, 2014.

[233] ROBERTS A. The history of science fiction[M]. London: Palgrave Macmillan, 2016.

[234] PAGAN N O. Theory of mind and science fiction[M]. London: Palgrave Macmillan, a division of Macmillan Publishers Limited, 2014.

[235] MACARTHUR S. Gothic science fiction [M]. London: Palgrave Macmillan, 2015.

[236] BARON C. CORNEA P. Science fiction, ethics and the human condition[M]. Springer, Cham: Springer International Publishing AG, 2017.

[237] Elana Gomel. Science fiction, alien encounters, and the ethics of posthumanism [M]. London: Palgrave Macmillan, a division of Macmillan Publishers Limited, 2014.

[238] TANAKA M. Apocalypse in contemporary Japanese science fiction [M]. New York: Palgrave Macmillan, a division of Nature America Inc, 2014.

[239] SMITH E D. Globalization, utopia, and postcolonial science fiction [M]. London: Palgrave Macmillan, a division of Macmillan Publishers Limited, 2012.

[240] GITTINGER J L. Personhood in science fiction [M]. Palgrave Macmillan, Cham, 2019.

[241] GINWAY M E, BROWN J A. Latin American science fiction[M]. New York: Palgrave Macmillan, a division of Nature America Inc, 2012.

[242] MILLER G A. Exploring the limits of the human through science fiction[M]. New York: Palgrave Macmillan, a division of Nature America Inc, 2012.

[243] ELLIS J. Science fiction roots and branches [M]. London: Pal-

[244] LUOKKALA B B.Exploring science through science fiction[M]. New York:Springer Science,Business Media New York,2014.

[245] WEBB S.New light through old windows:exploring contemporary science through 12 classic science fiction tales[M]. Cham: Springer Nature Switzerland AG,2019.

[246] LUOKKALA B B.Exploring science through science fiction[M]. Cham:Springer Nature Switzerland AG,2019.

[247] SKWERES A.McLuhan's galaxies:science fiction film aesthetics in light of Marshall McLuhan's thought[M].Cham:Springer Nature Switzerland AG,2019.

[248] KENDAL Z,SMITH A,CHAMPION G,et,al.Ethical futures and global science fiction[M].Cham:Palgrave Macmillan,2020.

[249] MAY A.Pseudoscience and science fiction[M].Cham:Springer International Publishing Switzerland,2017.

[250] BROTHERTON M. Science fiction by scientists[M].Cham: Springer International Publishing Switzerland,2017.

[251] BLACKFORD R.Science fiction and the moral imagination[M]. Cham:Springer International Publishing AG,2017.

[252] CALVIN R. Feminist science fiction and feminist epistemology [M].Cham:Springer International Publishing AG,2016.

[253] POWER A.Contemporary European science fiction cinemas[M]. Cham:Palgrave Macmillan,2018.

[254] RANSOM A J,GRACE D.Canadian science fiction,fantasy,and horror[M].Cham:Palgrave Macmillan,2019.

[255] ISIMONE BRIONIDANIELE COMBERIATI.Italian science fiction[M].Cham:Palgrave Macmillan,2019.

[256] HOOYKAAS R.Fact,faith and fiction in the development of science[M].Dordrecht:Springer Science,Business Media B.V,1999.

[257] STRATMANN H G. Using medicine in science fiction[M]. Cham:Springer International Publishing Switzerland,2016.

[258] CAMPBELL I. Arabic science fiction[M]. Cham:Palgrave Macmillan,2018.

[259] BRODERICK D. Consciousness and science fiction[M]. Cham:Springer Nature Switzerland AG,2018.

[260] HOYDIS N E. Representations of science in twenty-first-century fiction[M]. Cham:Palgrave Macmillan,2019.

[261] KUPFERMAN D W,GIBBONS A. Childhood,science fiction,and pedagogy[M]. Singapore:Springer Nature Singapore Pte Ltd,2019.

[262] KLIPPEL H,WAHRIG B,ZECHNER A. Poison and poisoning in science, fiction and cinema[M]. Cham:Palgrave Macmillan,2017.

[263] CHAPPLE J. Science and literature in the nineteenth century[M]. Palgrave,London:Macmillan Publishers Limited,1986.

[264] GOTTSCHALL J. Literature,science,and a new humanities[M]. New York:Palgrave Macmillan, a division of Nature America Inc,2008.

[265] PARRINDER P. Utopian literature and science[M]. London:Palgrave Macmillan,2015.

[266] HOEG J,LARSEN K. Science,literature,and film in the Hispanic World[M]. New York:Palgrave Macmillan, a division of Nature America Inc,2006.

[267] AMRINE F R. Literature and science as modes of expression[M]. Dordrecht:Springer Science,Business Media B.V,1989.

[268] MARCHITELLO H,TRIBBLE E. The Palgrave handbook of early modern literature and science[M]. London:Palgrave Macmillan,2017.

[269] AHUJA N,ALLEWAERT M,ANDREWS L,et al. The Palgrave handbook of twentieth and twenty-first century literature and sci-

ence[M].Cham:Palgrave Macmillan,2020.

[270] NATANSON M. Literature, philosophy, and the social sciences [M].Dordrecht:Springer Science,Business Media B.V,1962.

[271] HART J.Interpreting cultures:literature, religion, and the human sciences[M].New York:Palgrave Macmillan,a division of Nature America Inc,2006.

[272] SAXENA A. Ethics in science [M]. Singapore: Springer Nature Singapore Pte Ltd,2019.

[273] MORRIS S G.Science and the end of ethics[M].New York:Palgrave Macmillan,a division of Nature America Inc,2015.

[274] BAZZUL J.Ethics and science education:how subjectivity matters [M].Cham:Springer,2016.

[275] MEDVECKY F, LEACHAN J. Ethics of science communication [M].Cham:Palgrave Pivot,2019.

[276] MILLER S.Dual use science and technology, ethics and weapons of mass destruction[M].Cham:Springer,2018.

[277] COMSTOCK G L. Life science ethics [M]. Dordrecht: Springer Science,Business Media B.V,2010.

[278] BLUNDELL B G.Ethics in computing, science, and engineering [M].Cham:Springer Nature Switzerland AG,2020.

[279] LADIKAS M, CHATURVEDI S, ZHAO Y D, et al. Science and technology governance and ethics[M].Cham:Springer,2015.

[280] NORTJÉ N, VISAGIE R, WESSELS J S.Social science research ethics in Africa [M]. Cham: Springer Nature Switzerland AG, 2019.

[281] PLOUG T.Ethics in cyberspace[M].Dordrecht:Springer Netherlands,2009.

[282] MINERVA F.The ethics of cryonics[M].Cham:Palgrave Pivot, 2018.

[283] SANDLER R. Ethics and emerging technologies [M]. London: Palgrave Macmillan,a division of Macmillan Publishers Limited,

2014.

[284] WERTZ D C, FLETCHER J C. Ethics and human genetics[M]. Berlin, Heidelberg: Springer-Verlag Berlin Heidelberg, 1989.

[285] BERGANDI D. The structural links between ecology, evolution and ethics[M]. Dordrecht: Springer Science, Business Media Dordrecht, 2013.

[286] MORAN S, CROPLEY D, KAUFMAN J. The ethics of creativity [M]. London: Palgrave Macmillan, a division of Macmillan Publishers Limited, 2014.

[287] BARWICH A S. Science and fiction: analysing the concept of fiction in science and its limits[J]. Journal for General Philosophy of Science, 2013, 44(2): 357-373.

[288] HASSE C. The material co-construction of hard science fiction and physics[J]. Cultural Studies of Science Education, 2015, 10 (4): 921-940.

[289] AZAGRA-CARO J M, GONZÁLEZ-SALMERÓN L, MARQUES P. Fiction lagging behind or non-fiction defending the indefensible? University-industry(et al.) interaction in science fiction[J]. The Journal of Technology Transfer, 2020, 46(6): 1-28.

[290] BRZOZOWSKI J. Science fiction as a springboard for science education[J]. Science & Education, 2016, 25(1-2): 203-206.

[291] SPENCER R W. An inconvenient truth: Blurring the lines between science and science fiction[J]. GeoJournal, 2007, 70(1): 11-14.

[292] LEE C. What science fiction can demonstrate about novelty in the context of discovery and scientific creativity[J]. Foundations of Science, 2019, 24(4): 705-725.

[293] DRITSAS L. Cultures of science fiction[J]. Metascience, 2007, 16 (2): 345-348.

[294] JOHNSON B D. Violence, death and robots: going to extremes with science fiction prototypes[J]. Personal and Ubiquitous Com-

puting,2014,18(4):809-810.

[295] GORDIJN B,HAVE H T.Science fiction and bioethics[J].Medicine,Health Care and Philosophy,2018,21(3):277-278.

[296] GEELAN D,PRAIN V,HASSE C.A dialogue regarding"The material co-construction of hard science fiction and physics"[J]. Cultural Studies of Science Education,2015,10(4):941-949.

[297] CHRISTIE J,ROGERS B M.Classical traditions in science fiction [J].International Journal of the Classical Tradition,2015,22(3):380-382.

[298] GANTEN D.Worse than pulp fiction:fraud in science[J].Journal of Molecular Medicine,1997,75(10):689-691.

[299] FAYE J. Science or mathematical fiction?[J]. Metascience, 2013,22(3):595-598.

[300] MOSS S.Science fiction fantasies[J].MRS Bulletin,2012,37(7):703-704.

[301] PAULUS W.Experimental models of neurological disease:neuropathology determines what is virtual reality,science or fiction[J]. Acta Neuropathologica,2017,133(2):15(2)3-154.

[302] HANSEN S L.Family resemblances:human reproductive cloning as an example for reconsidering the mutual relationships between bioethics and science fiction[J].Journal of Bioethical Inquiry, 2018,15(2):231-242.

[303] FERRAND H L.Robotics:science preceding science fiction[J]. MRS Bulletin,2019,44(4):295-301.

[304] PUSCH A F.Splices:when science catches up with science fiction[J].NanoEthics,2015,9(1):55-73.

[305] BARNETT M,WAGNER H,GATLING A,et al.The impact of science fiction film on student understanding of science[J].Journal of Science Education and Technology,2006,15(2):179-191.

[306] CECCHINI A.The future of the city from science to science fic-

tion and back(and beyond)[J].City,Territory and Architecture,2014,1(1):1-9.

[307] DOURISH P,BELL G."Resistance is futile":reading science fiction alongside ubiquitous computing[J].Personal and Ubiquitous Computing,2014,18(4):769-778.

[308] SLAUGHTER A.Ray guns and radium:radiation in the public imagination as reflected in early American science fiction[J].Science & Education,2014,23(3):527-539.

[309] GUERRA S.Colonizing bodies:corporate power and biotechnology in young adult science fiction[J].Children's Literature in Education,2009,40(4):275-295.

[310] HOCKSTEIN N G,GOURIN C G,FAUST R A,et al.A history of robots:from science fiction to surgical robotics[J].Journal of Robotic Surgery,2007,1(2):113-118.

[311] MEYER A,CSERER A,SCHMIDT M.Frankenstein 2.0.:identifying and characterising synthetic biology engineers in science fiction films[J].Life Sciences,Society and Policy,2013,9(1):1-17.

[312] BELLAGAMBA U.From ideal to future cities:science fiction as an extension of utopia[J].Philosophy & Technology,2016,29(1):79-96.

[313] SCHUIJER J W,BROERSE J,KUPPER F.Citizen science fiction:the potential of situated speculative prototyping for public engagement on emerging technologies[J].NanoEthics,2021,15(1):1-18.

[314] HENSCHEL A,LABAN G,CROSS E S.What makes a robot social? A review of social robots from science fiction to a home or hospital near you[J].Current Robotics Reports,2021,2(1):9-19.

[315] RODUIT J,EICHINGER J,GLANNON W.Science fiction and human enhancement:radical life-extension in the movie 'In

Time' (2011)[J].Medicine, Health Care and Philosophy, 2018, 21(3):287-293.

[316] GIBSON R. More than merely human: how science fiction pop-culture influences our desires for the cybernetic[J].Sexuality & Culture,2017,21(1):224-246.

[317] HONEYMAN S. Mutiny by mutation: uses of neoteny in science fiction[J].Children's Literature in Education,2004,35(4):347-366.

[318] MANGUM T. Longing for life extension: science fiction and late life[J].Journal of Aging and Identity,2002,7(2):69-82.

[319] WILTSCHE H A. The forever war: understanding, science fiction, and thought experiments[J].Synthese,2021,198(4):3675-3698.

[320] ISA N M, et al. Ethical concerns about human genetic enhancement in the Malay science fiction novels[J].Science and Engineering Ethics,2018,24(1):109-127.

[321] SCHILLACE B L. Curing "moral disability": brain trauma and self-control in Victorian science and fiction[J].Culture, Medicine, and Psychiatry,2013,37(4):587-600.

[322] CARMAN G P, SUN N. Strain-mediated magnetoelectrics: turning science fiction into reality[J].MRS Bulletin,2018,43(11):822-828.

[323] KING I S. Science fiction as a value scenario for historical technology[J].Ethics and Information Technology,2021,23(1):69-73.

[324] FLYNN S, HARDMAN M. The use of interactive fiction to promote conceptual change in science[J].Science & Education,2019,28(1-2):127-152.

[325] EVANS C R, MEDINA M G, DWYER A M. Telemedicine and telerobotics: from science fiction to reality[J].Updates in Surgery,2018,70(3):357-362.

[326] AZAGRA-CARO J M, FERNÁNDEZ-MESA A, ROBINSON-GARCÍA N."Getting out of the closet":scientific authorship of literary fiction and knowledge transfer[J].The Journal of Technology Transfer,2020,45(1):56-85.

[327] CONSOLI G.Preliminary steps towards a cognitive theory of fiction and its effects[J].Journal of Cultural Cognitive Science,2018,2(1-2):85-100.

[328] GOUGH N.Specifying a curriculum for biopolitical critical literacy in science teacher education:exploring roles for science fiction[J].Cultural Studies of Science Education,2017,12(4):769-794.

[329] WEISS A,SPIEL K.Robots beyond science fiction:mutual learning in human-robot interaction on the way to participatory approaches[J].AI & SOCIETY,2022,37(2):501-515.

[330] SCHACKER M,SEIMETZ D.From fiction to science:clinical potentials and regulatory considerations of gene editing[J].Clinical and Translational Medicine,2019,8(1):27.

[331] TULLMANN K,BUCKWALTER W.Does the paradox of fiction exist?[J].Erkenntnis,2014,79(4):779-796.

[332] TANG B L.Can ethics be based on science?[J].Science & Engineering Ethics,2020,26(3):1873-1874.

[333] HAN H.Virtue ethics,positive psychology,and a new model of science and engineering ethics education[J].Science & Engineering Ethics,2015,21(2):441-460.

[334] SHARMA O P.Ethics in science[J].Indian Journal of Microbiology,2015,55(3):341-344.

[335] ERIC O.Science fiction and the ecological conscience[D].Florida:University of Florida,2006.

后　记

本书是在我的博士学位论文基础上修改而成的。完成本书，我的心情非常激动，感慨非常多。

对于我来说，攻读博士学位真的很苦。在这个过程中，是脑力、体力和意志力的拼搏。我深切地体会到学海无涯，苦作舟。我有热诚求学求知的真心，但是资质有限。求学之路一路走来，我只能通过勤奋、苦读、较真弥补自己天分的不足。在这个过程中我最感谢的是我的恩师陈凡教授，他是一位难得的、了不起的良师大家。陈凡教授学术底蕴深厚，师德宽仁，坚持因材施教，期我成才。面对我的愚钝，陈凡教授不但没有放弃，反而鼓励我，指出我踏实肯学的优点，给予我学术信心。在陈凡教授认真细致的指导下，从论文选题、框架结构到文字细节，要求极为严格，我才得以顺利地完成了学位论文。没有陈凡教授，就没有今天的我。

感谢东北大学马克思主义学院、感谢任鹏副院长，感谢东北大学研究生院，感谢东北大学科学技术哲学专业的各位老师，感谢论文中的研究对象、研究专家，感谢盲审专家和答辩专家。从你们那里我学习了很多，感悟了很多。我还要感谢我的妈妈、爸爸、弟弟，感谢我的至亲好友，在我多年的求学治学历程中，永远无私地支持我。

攻读博士学位的经历一生难忘。多年的苦读之后，到博士学位论文完稿时，感觉自己仿佛脱胎换骨。对于学术尊严、学术生涯，有了更深刻的体会和理解。在学术研究领域我将继续秉持谦卑感激之心，沉潜、沉淀、沉思，以期收获甘美的果实，希求不愧于恩师和家人的厚望。

后 记

  此书的出版，感谢陈昌曙技术哲学出版基金资助玉成！感谢东北大学刘晓萍老师热心支持，感谢东北大学出版社刘振军老师辛苦付出！成人之美，善莫大焉。

  以上，致以真诚的敬意与谢意。

潘 澍

2023 年 5 月